KB130834

중국행
슬로보트

CHUGOKU YUKI NO SUROU BOTO
by Haruki Murakami

이 도서의 국립중앙도서관 출판예정도서목록(CIP)은
서지정보유통지원시스템 홈페이지(http://seoji.nl.go.kr)와
국가자료공동목록시스템(http://www.nl.go.kr/kolisnet)에서 이용하실 수 있습니다.
(CIP제어번호: CIP2014010308)

중국행 슬로보트

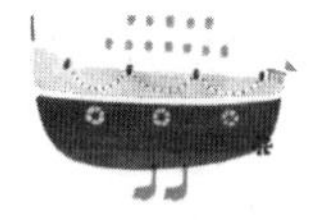

무라카미 하루키 소설

양윤옥 옮김

문학동네

일러두기

1. 이 책은 1990년 고단샤에서 간행된 『村上春樹全作品 1979~1989 ③ 短篇集 I』을 번역의 저본으로 삼았습니다.
2. 본문 중의 주석은 모두 옮긴이주입니다.
3. 방점과 중고딕은 원서의 표시에 따른 것입니다.

차례

중국행 슬로보트

중국행 슬로보트에
어떻게든 그대를
태우고 싶소,
배를 통째 빌려, 우리 둘이만……
—옛 노래

1

맨 처음 중국인을 만난 게 언제였을까.

이 글은 말하자면 그런 고고학적인 의문에서 출발한다. 다양한 출토품에 라벨이 붙고 종류별로 나뉘어 분석이 이루어질 것이다.

자, 맨 처음 중국인을 만난 게 언제였지?

1959년, 혹은 1960년이라는 게 내 추정이지만 둘 중 어느 쪽이라고 해도 차이는 없다. 정확히 말하면, 전혀 없다. 내게 1959년과 1960년은 볼품없는 옷을 똑같이 맞춰입은 못생긴 쌍둥이 형제와도 같다. 실제로 타임머신을 타고 그 시대로 돌아갈 수 있다고 해도 1959년과 1960년을 구별하자면 나는 상당히 애를 먹을 것이다.

그래도 역시 내 작업은 끈질기게 이어진다. 고대 동굴의 입구가 좀더 넓혀지고, 아주 조금이지만 새로운 출토품이 모습을 드러내기 시작한다. 기억의 파편.

그래, 그건 분명 요한손과 패터슨이 헤비급 챔피언 타이틀을 놓고 승부를 펼친 해였다. 그해 텔레비전에서 그 시합을 본 기억이 있다. 그렇다면 도서관에 가서 옛날 신문연감의 스포츠면을 뒤적여보면 된다. 그걸로 모든 게 해결될 터였다.

다음날 아침, 나는 자전거를 타고 근처 구립 도서관으로 갔다.

도서관 정문 옆에는 무슨 영문인지 닭장이 있고 그 안에서 닭 다섯 마리가 조금 늦은 아침식사인지 조금 이른 점심식사인지를 하는 참이었다. 무척 기분좋은 날씨였기 때문에 나는 도서관에 들어가기 전에 닭장 옆 보도블록에 앉아 담배를 한 대 피우기로 했다. 그리고 담배를 피우는 내내 닭들이 모이를 쪼아먹는 광경을 바라보았다. 닭들은 몹시 바쁘게 모이통을 쪼아댔다. 어찌나 조급하게 구는지 그 식사 풍경은 마치 필름 프레임 수가 적은 옛 뉴스영화처럼 보였다.

담배를 다 피웠을 때 내 안에서 뭔가가 명백히 변했다. 왜인지는 모르겠다. 하지만 왜인지 모르는 채로, 닭 다섯 마리와 담배

한 대만큼의 거리를 건너온 새로운 나는 나 자신을 향해 두 가지 의문을 던졌다.

우선 한 가지는, 내가 맨 처음 중국인을 만난 정확한 날짜 따위에 어느 누가 관심을 가질 것인가.

또 한 가지는, 볕 잘 드는 열람실 책상에 놓인 옛날 신문연감과 나 사이에 더이상 서로 나눠 가져야 할 또다른 뭔가가 존재하는가.

타당한 의문인 듯했다. 나는 닭장 앞에서 다시 담배 한 대를 피웠고, 그런 다음 자전거에 올라타고 도서관과 닭에게 작별을 고했다. 그래서 하늘을 날아다니는 새에게 이름이 없듯이 내 그 기억에는 날짜가 없다.

하긴 내 기억의 대부분은 날짜가 없다. 내 기억력은 지독히 부정확하다. 지나치게 부정확해서 이따금 내가 그 부정확성을 근거로 누군가에게 뭔가를 증명하고 있는 게 아닌가 하는 기분까지 든다. 하지만 그게 대체 무엇을 증명하느냐고 한다면, 나는 아무것도 알지 못한다. 애당초 부정확성이 증명하는 것을 정확히 파악한다는 건 불가능한 일 아닐까.

어쨌거나 그런 식으로 내 기억은 지독히 흐릿하다. 앞뒤가 뒤집히거나 사실과 상상이 뒤바뀌고 어떤 때는 나 자신의 시선과 타인의 시선이 뒤섞이기도 한다. 그런 건 이미 기억이라고 할 수조차 없는지도 모른다. 그래서 내가 초등학교 시절(전후 민주주의의 저 우습고도 서글픈 육 년 동안의 낙일落日의 나날)을 통틀어 정확히 떠올려볼 수 있는 일이라고는 단 두 가지밖에 없다. 하나는 이 중국인 이야기고, 또하나는 어느 여름방학 오후의 야구 시합이다. 그 시합에서 나는 중견수로 뛰다가 3회 말에 뇌진탕을 일으켰다. 물론 아무 이유도 없이 돌연 뇌진탕을 일으킨 것은 아니다. 우리 팀이 그 시합에서 근처 고등학교 운동장의 한구석밖에 쓸 수 없었다는 게 그날 내 뇌진탕의 주된 이유였다. 즉 나는 센터필드를 넘어 날아가는 공을 전속력으로 쫓아가다가 농구대에 얼굴을 정통으로 들이박은 것이다.

눈을 뜨니 포도시렁 아래 벤치, 그새 해가 저물고 바짝 마른 운동장에 뿌린 물 냄새와 베개 대신 받쳐둔 새 글러브의 가죽 냄새가 먼저 내 코를 찔렀다. 그리고 무지근한 옆머리의 통증. 그때 내가 뭐라고 중얼거린 모양이다. 기억은 나지 않는다. 나를 지켜보고 있었던 친구가 나중에 겸연쩍은 기색으로 알려주었다. 나는 이렇게 말했다고 한다. 괜찮아, 먼지만 털어내면 아직 먹을 수 있어.

그런 말이 어디서 나왔는지, 아직도 잘 모르겠다. 아마 꿈이라도 꾼 것이리라. 어쩌면 급식으로 나온 빵을 나르던 중 계단에서 꼬꾸라진 꿈이었는지도 모른다. 그것 말고는 그 말에서 떠올릴 수 있는 정경이 없으니까.

그로부터 이십 년 지난 지금도 나는 이따금 그 말을 머릿속에서 굴려본다.

괜찮아, 먼지만 털어내면 아직 먹을 수 있어.

그리고 그 말을 염두에 두고, 나라는 한 인간의 존재와 나라는 한 인간이 더듬어갈 길에 대해 생각해본다. 그리고 그 같은 사고가 당연히 도달하게 되는 한 지점—즉 죽음에 대해 생각해본다. 죽음에 대해 생각하는 것은 적어도 나에게는 무척 막막한 작업이다. 그리고 죽음은 왜 그런지 내게 중국인을 떠올리게 한다.

2

항구도시의 언덕바지에 있는 중국인 자녀를 위한 초등학교(이름을 까맣게 잊어버려서 지금부터 편의상 '중국인 초등학교'라고 부르기로 한다. 묘한 명칭인지 모르지만 양해해주기 바란다)에 찾아가게 된 것은 그곳을 모의고사 시험장으로 배정받았기 때문이다. 시험장은 몇 군데나 되었는데, 우리 학교에서 그 중국인 초등학교로 배정된 사람은 나밖에 없었다. 이유는 잘 모르겠다. 아마도 뭔가 사무적인 착오가 있었을 것이다. 같은 반 아이들은 모두 가까운 시험장으로 배정된 것을 보면.

중국인 초등학교?

나는 이 사람 저 사람 붙잡고 중국인 초등학교에 대해 뭔가 아느냐고 물어보았다. 아무도 아는 사람이 없었다. 알아낸 것이라고는 그 중국인 초등학교가 우리 학구에서 전철로 삼십 분이나 걸린다는 사실뿐이었다. 그 당시 나는 혼자 전철을 타고 돌아다닐 만한 아이가 못 되었기 때문에, 그건 사실상 내게 세상의 끝과 다를 바 없었다.

세상의 끝에 있는 중국인 초등학교.

이 주 뒤 일요일 아침, 나는 엄청나게 암울한 기분으로 새 연필 한 다스를 깎고 지시받은 대로 도시락과 슬리퍼를 비닐가방에 챙겨넣었다. 하늘이 청명한, 약간 덥다 싶은 가을날의 일요일이었지만 어머니는 내게 두툼한 스웨터를 입혔다. 나는 혼자 전철을 타고 혹여 내려야 할 역을 놓칠세라 내내 문 앞에 선 채 바깥 풍경에 주의를 기울였다.

중국인 초등학교의 위치는 수험표 뒷면에 인쇄된 약도를 볼 것도 없이 금세 알 수 있었다. 슬리퍼와 도시락으로 가방이 빵빵해진 초등학생 무리를 뒤따라가기만 하면 되었던 것이다. 비탈진 언덕길을 몇십, 몇백 명이나 되는 초등학생들이 줄지어 같은 방향으로 걸었다. 신기하다면 신기한 광경이었다. 그들은 땅바닥에 공을 튀기지도 않고 하급생의 모자를 잡아당기지도 않고 그저 묵묵히 걸었다. 그들의 모습은 뭔가 불균일한 영구운동 같은 것을 상기시켰다. 언덕길을 오르며 나는 너무 두툼한 스웨터 탓에 내내 땀을 흘렸다.

막연한 예상과 달리 중국인 초등학교의 모습은 내가 다니는 초등학교와 거의 다르지 않았을뿐더러 오히려 훨씬 세련되기까지 했다. 어둡고 긴 복도, 곰팡내를 풍기는 눅눅한 공기…… 지난 이 주 동안 머릿속에서 제멋대로 키워온 그런 이미지는 어디서도 눈에 띄지 않았다. 멋들어진 철문을 통과하자 화단으로 둘러싸인 돌길이 완만한 호를 그리며 길게 이어지고, 현관 정면에는 맑은 연못물이 오전 아홉시의 햇빛을 받아 눈부시게 반짝였다. 학교 건물을 따라 나무들이 나란히 서 있고 하나하나에 중국어로 설명이 적힌 팻말이 내걸려 있었다. 내가 읽을 수 있는 글자도 있고 읽을 수 없는 글자도 있었다. 현관 너머로는 건물에 둘러싸인 네모난 운동장이 있고, 귀퉁이마다 누군가의 흉상이며 기상관측용 백엽상이며 철봉이 있었다.

나는 지시에 따라 현관에서 신발을 벗고 지정된 교실로 들어갔다. 환한 교실에는 예쁘장한 접이식 책상 딱 사십 개가 줄을 맞춰 늘어섰고 각 책상마다 수험번호가 적힌 종이가 셀로판테이프로 붙어 있었다. 내 자리는 창가 맨 앞줄, 즉 그 교실에서 가장 앞 번호였다.

칠판은 새것 같은 진초록색, 교단 위에는 분필상자와 꽃병, 꽃병에는 하얀 국화 한 송이. 모든 것이 청결하고 반듯하게 정돈되어 있었다. 벽면의 코르크보드에는 그림도 작문도 나붙어 있지 않았다. 어쩌면 우리 수험생에게 방해가 될까봐 일부러 떼어냈는지도 모른다. 나는 의자에 앉아 책상 위에 필통과 책받침을 늘어놓고는 턱을 괴고 눈을 감았다.

시험지를 옆에 낀 감독관이 교실에 들어온 것은 십오 분쯤 뒤였다. 감독관은 아직 마흔 살이 안 된 듯 보였지만 왼쪽 다리를 살짝 절룩거리며 끌었고 왼손으로 지팡이를 짚고 있었다. 등산로 입구 기념품 가게에서나 팔 듯한 조잡한 벚나무 지팡이였다. 절룩거리는 걸음걸이가 너무 자연스러워서 그 지팡이의 조잡함이 유난히 눈에 띄었다. 사십 명의 초등학생은 감독관을 보고, 아니, 그보다 시험지를 보고 쥐죽은듯 잠잠해졌다.

교단에 오른 감독관은 우선 시험지 다발을 교탁에 내려놓고 달그락거리며 그 옆에 지팡이를 나란히 세웠다. 빈자리 없이 모두 앉아 있는 것을 확인하더니 한 차례 헛기침을 하고 흘끔 손목시계를 보았다. 그러고는 교탁 양끝에 두 손을 짚고 기대선 채 얼굴을 똑바로 들고 잠시 천장 한구석을 바라보았다.

침묵.

십오 초쯤, 각자의 침묵이 이어졌다. 긴장한 초등학생들은 숨을 죽이고 교탁 위의 시험지를 바라보았고 다리가 불편한 감독관은 천장 한구석을 가만히 응시했다. 감독관은 옅은 쥐색 양복에 하얀 셔츠를 입고, 색깔이고 무늬고 보자마자 잊어버릴 만큼 인상이 희미한 넥타이를 매고 있었다. 그는 안경을 벗더니 손수건으로 천천히 렌즈 양면을 닦고 다시 썼다.

"제가 이번 시험의 감독관입니다." 제가, 라고 그는 말했다. "시험지를 받으면 책상 위에 그대로 엎어놓으세요. 절대로 앞면을 봐서는 안 됩니다. 두 손은 단정히 무릎 위에 올려놓으세요. 제가 됐습니다, 라고 하면 앞면으로 돌려 문제를 풀도록 하세요. 종료 십 분 전이 되면 십 분 전, 이라고 말하겠습니다. 사소한 실수가 없는지 다시 한번 살펴보세요. 그다음에 제가 됐습니다, 라고 하면 시험이 끝납니다. 그러면 시험지를 엎어놓고 두 손을 무릎에 올려놓으세요. 알겠지요?"

침묵.

"맨 먼저 이름과 수험번호를 쓰는 걸 잊지 마세요."

침묵.

그는 다시 한번 손목시계를 보았다.

"자아, 아직 십 분쯤 남았어요. 그사이에 여러분과 잠깐 이야기를 하고 싶군요. 편하게 들어주세요."

후유 하고 몇몇이 숨을 내쉬었다.

"저는 이 초등학교에 근무하는 중국인 교사입니다."

그렇다, 나는 그렇게 맨 처음 중국인을 만났다.

그는 전혀 중국인처럼 보이지 않았다. 하지만 그건 뭐 당연한 이야기다. 그때까지 나는 중국인을 만났던 적이 한 번도 없었으니까.

"이 교실에서는," 그가 말을 이었다. "평소에 여러분 또래의 중국인 학생들이 여러분과 마찬가지로 열심히 공부하고 있습니다. ……여러분도 잘 알다시피 중국과 일본은 말하자면 이웃나라예요. 모두가 즐겁게 살아가기 위해서는 이웃간에 사이좋게 지내야 합니다. 그렇지요?"

침묵.

"물론 우리 두 나라는 서로 비슷한 점도 있고 비슷하지 않은 점도 있습니다. 서로 이해할 수 있는 부분도 있고 이해할 수 없는 부분도 있겠지요. 그건 여러분 친구들을 생각해봐도 똑같지 않을까요? 아무리 친한 친구라도 도무지 이해할 수 없는 부분이 있어요. 그렇지요? 우리 두 나라도 마찬가지예요. 하지만 노력만 한다면 틀림없이 사이좋게 지낼 수 있다, 저는 그렇게 믿고 있습니다. 그러기 위해서는 우선 우리가 서로를 존경해야겠지요. 그것이…… 첫걸음입니다."

침묵.

"이를테면 이렇게 생각해볼까요? 만일 여러분의 학교에 수많은 중국인 어린이들이 시험을 치러 왔다고 합시다. 지금 여러분과 마찬가지로, 여러분 책상에 중국인 어린이들이 앉아 있는 거예요. 그렇게 한번 생각해보세요."

가정.

"그리고 월요일 아침에 여러분이 학교에 왔어요. 제자리에 앉았습니다. 그런데 이게 웬일인가, 책상에 낙서랑 흠집이 가득하고 의자에는 껌이 붙어 있다. 책상 안에 넣어둔 실내화도 한 짝이 사라졌다. 그러면 여러분은 어떤 기분이 들까요?"

침묵.

"거기 학생." 그는 손끝으로 정확히 나를 가리켰다. 내 수험번호가 가장 앞인 탓이었다. "기분이 좋을까요?"

모두 나를 보고 있었다.

나는 얼굴을 붉히며 급히 고개를 저었다.

"중국인을 존경할 수 있을까요?"

나는 다시 한번 고개를 저었다.

"그러므로," 그는 다시 정면을 향했다. 아이들의 시선도 그제야 겨우 교단 쪽으로 되돌아갔다. "여러분도 책상에 낙서를 하거나, 의자에 껌을 붙이거나, 책상 안의 물건에 손대서는 안 됩니다. 알겠지요?"

침묵.

"중국인 학생들은 똑똑하게 대답 잘하는데?"

네, 하고 사십 명의 초등학생이 대답했다. 아니, 서른아홉 명. 나는 입도 뻥끗하지 못했다.

"자아, 이제 고개를 들고 가슴을 쭉 펴세요."

우리는 고개를 들고 가슴을 쭉 폈다.

"그리고 자부심을 가지세요."

이십 년이나 지난 옛날의 시험 결과 따위, 이제는 까맣게 잊어버렸다. 기억나는 건 언덕길을 걸어가던 초등학생들의 모습과 그 중국인 교사뿐이다. 그리고 고개를 들고 가슴을 쭉 펴는 것, 자부심을 갖는 것.

3

고등학교가 항구도시에 있었기 때문에 내 주위에는 꽤 많은 중국인이 있었다. 중국인이라고 해도 딱히 우리와 어딘가가 다른 것은 아니다. 또한 그들에게 공통되는 확실한 특징이 있는 것도 아니다. 그들 한 사람 한 사람은 제각기 다르고 그런 점은 우리와 완전히 마찬가지다. 항상 생각하지만 개개인이 지닌 개체성의 기묘함이란 어떤 카테고리나 일반론도 뛰어넘는다.

우리 반에도 중국인이 몇 명 있었다. 성적이 좋은 친구가 있는가 하면 좋지 않은 친구도 있었고, 명랑한 친구가 있는가 하면 말수 적은 친구도 있었다. 꽤 호화로운 저택에 사는 친구가 있는가 하면 햇볕도 잘 들지 않는 단칸방과 부엌뿐인 연립주택에 사는 친구도 있었다. 가지각색이었다. 하지만 그들 중 누군가와 딱히 친해지지는 않았다. 애초에 나는 스스럼없이 아무하고나 친해지는 성격이 아니다. 상대가 일본인이건 중국인이건, 누구건 마찬가지다.

그중 한 친구와는 십 년쯤 뒤에 우연히 마주치게 되었지만, 그 일에 대해서는 조금 더 뒤에 말하는 게 좋을 것이다.

무대는 도쿄로 옮겨간다.

순서대로 따지면—딱히 친하게 말을 섞는 사이가 아니었던 같은 반 중국인 동창들은 제외하고—나에게 두번째 중국인은 대학교 2학년 봄 아르바이트를 하면서 알게 된 말수 적은 여대생이다. 그녀는 나와 같은 열아홉 살에 몸집이 작고, 생각하기에 따라서는 미인이라고 할 수도 있을 얼굴이었다. 나와 그녀는 삼주 동안 함께 일했다.

그녀는 무척 열심히 일했다. 나도 덩달아 열심히 했지만 그녀가 일하는 모습을 옆에서 지켜보면 내 열심과 그녀의 열심은 근본적으로 질이 다르다고 느껴졌다. 즉 내 열심은 '무슨 일이든 열심히 하면 최소한 그만큼의 가치는 있을 것이다'라는 정도의 의미인 반면, 그녀의 열심은 좀더 인간존재의 근원에 가까운 어떤 것이었다. 잘 설명할 수는 없지만, 그녀 주위의 모든 일상성이 그 열심에 의해 가까스로 한데 묶여 유지되고 있는 게 아닌가 싶을 만큼 기묘한 절박감이 느껴졌다. 그래서 대부분의 사람들은 그녀와 작업 페이스가 맞지 않아 중간에 짜증을 냈다. 마지막까지 불평하지 않고 그녀와 함께 작업을 해낸 사람은 나 하나뿐이었다.

그렇지만 나와 그녀는 처음 한동안은 거의 대화도 없었다. 몇 번 말을 걸어보기는 했지만 그녀가 별로 내켜하지 않는 듯 보여서 그뒤로는 되도록 말을 걸지 않았다. 나와 그녀가 맨 처음 대화다운 대화를 나눈 것은 함께 일한 지 이 주쯤 지난 뒤였다. 그녀는 그날 오전 삼십여 분 동안 일종의 공황상태에 빠졌다. 그녀가 그런 모습을 보인 것은 처음이었다. 어쩌다 작업 순서가 살짝 틀어진 것이 원인이었다. 그렇게 된 것이 그녀의 책임이라면 책임이었지만, 내가 보기에는 흔히 나오는 실수였다. 잠깐 멍하니 있다가 삐끗한 것이다. 누구나 저지를 법한 일이다. 하지만 그녀는 그렇게 생각할 수 없는 모양이었다. 작은 균열이 그녀의 머릿속에서 점점 커지더니 이윽고 돌이킬 수 없는 거대한 심연으로 바뀌었다. 그녀는 한 발짝도 앞으로 나아가지 못했다. 한 마디도 하지 않고 말 그대로 제자리에 우두커니 서 있었다. 그 모습은 나에게 밤바다에 천천히 가라앉는 배를 떠올리게 했다.

나는 하던 일을 멈추고 그녀를 의자에 앉히고서 꼭 움켜쥔 손가락을 하나하나 풀어 뜨거운 커피를 마시게 했다. 그런 뒤 괜찮다, 걱정할 건 하나도 없다고 다독였다. 손쓰기 어려운 지경도 아니다, 처음부터 다시 해도 작업이 크게 늦어지진 않는다. 설령 늦어진다 해도 세상이 끝나는 건 아니다, 라고. 그녀는 넋이 나간 눈빛이었지만 그래도 조용히 고개를 끄덕였다. 커피를 마시자 조금 안정되는 것 같았다.

"미안해." 그녀는 작게 말했다.

"괜찮아." 내가 말했다.

점심시간에 우리는 가벼운 잡담을 나누었다. 그녀는 자신이 중국인이라고 말했다.

우리가 일하던 곳은 분쿄 구에 있는 작은 출판사의 어둡고 비좁은 창고였다. 창고 옆으로는 더러운 강이 흘렀다. 간단하고 따분하고, 그러면서도 바쁜 일이었다. 내가 전표를 받아 지시된 수량의 책을 들고 창고 입구까지 나른다. 그것을 그녀가 끈으로 묶고 장부에 기록한다. 정말 딱 그것뿐이었다. 게다가 창고에는 난방장치가 전혀 없었기 때문에 얼어죽지 않으려면 우리는 싫더라도 종종거리며 움직여야 했다. 이래서야 앵커리지 공항에서 눈 치우는 아르바이트와 별반 다르지 않겠다 싶을 만큼 추웠다.

점심시간이면 우리는 밖으로 나와 따뜻한 점심을 먹고, 업무가 시작되기 전까지 한 시간쯤 둘이서 멍하니 몸을 녹이고 있었다. 다른 무엇보다도 몸을 녹이는 것이 점심시간의 주된 목적이었다. 하지만 그녀가 공황상태에 빠진 이후로 우리는 조금씩 서로의 이야기를 하게 되었다. 그녀는 한 번에 많은 얘기를 하지 않았지만 조금 지나자 그녀의 주위 상황을 알 수 있었다. 그녀의 아버지는 요코하마에서 작은 수입상을 했는데, 대개 홍콩에서 건너오는 바겐세일용 싸구려 의류를 취급했다. 중국인이긴 해도 일본에서 태어났고 중국에도 홍콩에도 대만에도 가본 적이 없었다. 초등학교도 중국인 학교가 아닌 보통 일본 초등학교를 나왔다. 중국어는 거의 못했지만 영어는 자신 있었다. 도쿄의 사립 여자대학교에 다니고 있었고 장래희망은 통역사가 되는 것이었다. 그리고 고마고메에 있는 오빠의 연립주택에 살았다. 혹은 그녀의 표현을 빌리자면, 얹혀살았다. 아버지와 잘 맞지 않았기 때문이다. 내가 그녀에 대해 알게 된 사실은 대충 그런 정도였다.

그 3월의 이 주는 때때로 싸락눈 섞인 찬비가 내리며 지나갔다. 아르바이트 마지막날 저녁, 경리과에서 급료를 받아든 나는 잠시 망설이다 전에 몇 번 가봤던 신주쿠의 디스코텍에 가자고 그 중국인 여자애에게 말했다. 그녀를 꼬드기거나 할 작정은 아니었다. 나에게는 고등학교 때부터 사귄 여자친구가 있었다. 하지만 솔직히 우리 사이는 예전만큼 좋지 않았다. 그녀는 고베에, 나는 도쿄에 있었다. 만날 수 있는 기간은 일 년에 두 달, 잘해야 세 달이었다. 우리는 아직 어렸고, 그런 시간과 거리의 공백을 극복할 만큼 서로를 잘 이해하지는 못했다. 앞으로 여자친구와의 관계를 어떤 식으로 끌어가야 할지 전혀 갈피를 잡을 수 없었다. 도쿄에서 나는 완전히 외톨이었다. 친구다운 친구도 없었고, 학교 수업은 지루했다. 잠시 숨을 돌리고 싶다는 게 솔직한 심경이었다. 여자애와 함께 춤을 추러 가서 가볍게 술을 마시고 스스럼없이 이야기하며 즐기고 싶었다. 그뿐이었다. 나는 아직 열아홉 살이었다. 누가 뭐래도 가장 인생을 즐기고 싶은 나이였다.

그녀는 오 초쯤 고개를 갸우뚱하더니 생각에 잠겼다. "하지만 난 한 번도 춤춰본 적이 없는데." 그녀가 말했다.

"쉬워." 내가 말했다. "춤이라고 할 것도 없어. 음악에 맞춰 몸을 움직이면 돼. 누구나 할 수 있어."

우리는 우선 레스토랑에 들어가 맥주와 피자를 먹었다. 이제 일은 다 끝난 것이다. 이제 두 번 다시 그 추운 창고에 가서 책을 나르지 않아도 된다. 그 덕분에 우리는 진정 해방된 기분이었다. 나는 평소보다 농담을 훨씬 많이 했고, 그녀는 평소보다 잘 웃었다. 식사를 마친 뒤 그 디스코텍에 가서 두 시간쯤 춤을 췄다. 홀은 기분좋은 따스함으로 가득하고 땀냄새와 누군가가 피워놓은 향냄새가 감돌았다. 필리핀 밴드가 산타나의 카피곡을 연주하는 듯한 그런 디스코텍이었다. 땀이 나면 앉아서 맥주를 마시고 땀이 걷히면 다시 춤추었다. 이따금 스트로보플래시가 터졌다. 빛 속에서 그녀는 창고에 있을 때와는 영 딴판으로 보였다. 점점 춤이 몸에 익어 즐기는 듯했다.

기진맥진해질 때까지 춤을 추고 우리는 디스코텍을 나왔다.

3월의 밤바람은 아직 차가웠지만 머지않아 다가올 봄의 기운이 느껴졌다. 몸의 열기가 채 식지 않아 우리는 코트를 손에 든 채 정처 없이 거리를 걸었다. 오락실을 기웃거리고, 커피를 마시고, 그리고 다시 걸었다. 봄방학은 아직 절반이 남아 있었고, 무엇보다 우리는 열아홉 살이었다. 누가 걸으라고 했다면 아마 다마가와 강변까지도 걸었을 것이다. 나는 아직도 그 밤공기의 기척 같은 것을 기억하고 있다.

시계가 열시 이십분을 가리킨 참에 그녀가 이제 그만 가봐야겠어, 라고 말했다. "열한시까지는 반드시 들어가야 해." 굉장히 미안해하는 듯한 말투였다.

"상당히 엄한 편이구나." 내가 말했다.

"응, 오빠가 잔소리가 심해. 보호자 노릇 하는 거지. 뭐, 어쨌든 신세를 지고 있으니 불평도 못 해." 그녀가 말했다. 하지만 말투를 들어보면 오빠를 좋아한다는 걸 쉽게 알 수 있었다.

"구두 안 잃어버리게 조심해."

"구두?" 대여섯 걸음을 걷고 나서 그녀는 웃었다. "아, 신데렐라? 괜찮아, 안 잃어버려."

우리는 신주쿠 역 계단을 올라 나란히 벤치에 앉았다.

"저, 괜찮다면 전화번호 좀 알려줄래?" 나는 그녀에게 물었다. "다음에 또 같이 어디 놀러가자."

그녀는 입술을 깨문 채 몇 번 고개를 끄덕였다. 그리고 전화번호를 알려주었다. 나는 그걸 디스코텍 성냥갑 뒷면에 볼펜으로 받아적었다. 그리고 전철이 와서 그녀를 태우고, 푹 쉬어, 라고 말했다. 즐거웠어, 고마워, 또 보자. 문이 닫히고 전철이 움직이기 시작해 옆 플랫폼으로 가서 이케부쿠로 방면 전철을 기다렸다. 기둥에 기대서서 담배를 피운 뒤 그날 밤 일을 순서대로 떠올려보았다. 레스토랑에서 디스코텍, 산책까지. 나쁘지 않다, 고 나는 생각했다. 여자애와 데이트를 한 것은 오랜만이었다. 나는 즐거웠고, 그녀도 즐거워했다. 우리는 적어도 친구는 될 수 있을 것이다. 그녀는 말수가 지나치게 적고 신경질적인 구석도 있다. 하지만 나는 그녀에게 본능적으로 호감이 갔다.

나는 구두 밑창으로 담배를 밟아 끄고 다시 새 담배에 불을 붙였다. 거리의 온갖 소리가 엷은 어둠에 스며 있었다. 나는 눈을 감고 숨을 크게 들이쉬었다. 잘못된 것은 하나도 없다, 고 나는 생각했다. 하지만 그녀와 헤어진 후 내 가슴속에 석연치 않은 뭔가가 남아 있었다. 삼키려고 해도 꺼끌꺼끌한 것이 목에 걸려 삼킬 수가 없었다. 뭔가 실수했다. 뭔가 터무니없는 실수를 저지른 듯한 느낌이 들었다.

그 뭔가를 깨달은 것은 메지로 역에서 야마노테 선 전철을 내렸을 때였다. 그때야 겨우 깨달았다. **나는 그녀를 야마노테 선의**

반대 방향 전철에 태워 보낸 것이다.

내 하숙집은 메지로였으니 그녀와 같은 전철을 타면 될 일이었다. 극히 간단했다. 그런데 어째서 굳이 반대 방향 전철에 태웠을까? 술을 너무 마셔서일까? 어쩌면 나 자신에 대한 생각으로 머릿속이 차고 넘쳤는지도 모른다. 역의 시계는 열시 사십오분을 가리키고 있었다. 아마도 그녀는 정해진 귀가 시간에 맞추지 못할 터였다. 일찌감치 내 실수를 깨닫고 반대 방향 전철로 갈아탔다면 이야기는 달라진다. 하지만 그럴 거란 생각은 들지 않았다. 그녀는 그런 사람이 아니다. 누군가 잘못된 전철에 태우면 계속 그렇게 타고 있을 사람이다. 게다가 아마도 그녀는 처음부터 똑똑히 알고 있었을 것이다. 내가 자기를 잘못된 열차에 태웠다는 것을. 맙소사, 라고 나는 생각했다.

그녀가 고마고메 역에 나타난 것은 열한시가 십 분쯤 지났을 즈음이었다. 계단 옆에 서 있는 나를 보고 그녀는 걸음을 멈추고는 웃어야 할지 화내야 할지 모르겠다는 표정을 지었다. 나는 우선 그녀의 팔을 잡아 벤치에 앉히고 옆에 나란히 앉았다. 그녀는 무릎 위에 둔 가방 끈을 두 손으로 쥐고 발을 앞으로 내밀어 하얀 구두코를 빤히 바라보았다.

나는 그녀에게 사과했다. 이유는 모르겠는데 깜박 실수를 했다고 말했다. 정신을 놓고 있었나봐.

"정말 실수였어?" 그녀가 물었다.

"물론이지. 그러지 않고서야 일이 이렇게 될 리 없잖아?" 나는 말했다.

"일부러 그런 줄 알았어." 그녀가 말했다.

"일부러?"

"그게, 화가 나서 그런 줄 알았어."

"화가 나?" 그녀가 무슨 말을 하는지 잘 이해가 되지 않았다.

"응."

"왜 내가 화가 났다고 생각했어?"

"모르겠어." 그녀는 꺼져들어갈 듯한 목소리로 말했다. "나랑 같이 있는 게 재미없어서겠지."

"재미없지 않았어. 엄청 즐거웠어. 거짓말 아니야."

"거짓말. 나랑 같이 있어봤자 즐거울 리 없어. 그럴 리 없다고. 그건 나도 알아. 정말 실수를 한 거라고 해도, 그건 실은 네가 마음속으로 그러길 바랐기 때문이야."

나는 한숨을 내쉬었다.

"신경쓸 거 없어." 그녀는 말했다. 그리고 고개를 저었다. "이런 일, 처음도 아니고 아마 마지막도 아닐 테니까."

그녀의 눈에서 눈물이 두 방울, 무릎 위 코트에 톡 떨어졌다.

대체 어떻게 해야 할지 나는 짐작도 할 수 없었다. 우리는 그대로 앉아 내내 침묵했다. 전철이 몇 대쯤 들어와 승객을 토해내고 떠나갔다. 승객들의 모습이 계단 위로 사라지면 다시 정적이 돌아왔다.

"부탁이야. 이제 날 그냥 내버려둬." 그녀는 눈물 젖은 앞머리를 옆으로 넘기고 미소지었다. "처음에는 나도 무슨 실수겠지 생각했어. 그래서 뭐, 괜찮아, 하면서 계속 반대 방향 전철 안에 있었어. 근데 전철이 도쿄 역을 지났을 때 힘이 빠지더라. 모든 게 지겨워졌어. 더이상 이런 꼴은 당하고 싶지 않아."

나는 뭔가 말하고 싶었지만 아무 말도 나오지 않았다. 밤바람이 석간신문을 낱장으로 풀어헤쳐 플랫폼 끝으로 몰고 갔다.

그녀는 눈물 젖은 앞머리를 옆으로 넘기고 힘없이 미소지었다. "됐어. 애초에 여기는 내가 있을 장소가 아니야. 여기는 나를 위한 장소가 아니라고."

그녀가 말하는 장소가 이 일본이라는 나라를 가리키는지, 아니면 암흑의 우주를 끊임없이 돌고 있는 이 바윗덩어리를 가리키는지 알 수 없었다. 나는 말없이 그녀의 손을 잡아 내 무릎 위에 놓고 가만히 내 손을 포갰다. 그녀의 손은 따스하고 안쪽이 축축했다. 나는 큰마음 먹고 입을 열었다.

"저기, 나는 나라는 인간에 대해 너에게 잘 설명할 수가 없어.

나도 때로는 나 자신을 잘 모를 때가 있거든. 내가 무엇을 어떻게 생각하고 무엇을 원하는지 잘 모르겠어. 그리고 내게 어떤 힘이 있는지, 그 힘을 어떻게 써야 하는지도 잘 몰라. 그런 걸 하나하나 구체적으로 생각하기 시작하면 때로 정말 무서워져. 무서워지면 내 생각밖에 할 수 없고. 그리고 그럴 때는 지극히 제멋대로인 인간이 되지. 마음과 다르게 다른 사람에게 상처를 주기도 해. 그러니 나는 내가 훌륭한 인간이라고는 절대 말 못 해."

나는 말을 제대로 잇지 못했다. 그래서 내 이야기는 그것으로 뚝 끊겼다.

그녀는 다음 말을 기다리듯 가만히 침묵했다. 여전히 자기 구두코를 바라보고 있었다. 먼 곳에서 구급차 사이렌 소리가 들려왔다. 역무원이 빗자루로 플랫폼의 쓰레기를 쓸어담았다. 역무원은 우리에게는 눈길도 주지 않았다. 늦은 시간이라 오가는 전철이 눈에 띄게 뜸해졌다.

"너랑 같이 있으면서 정말 즐거웠어." 나는 말했다. "그건 거짓말이 아니야. 하지만 그게 전부인 것도 아니야. 잘 설명할 수는 없지만, 내게는 너라는 인간이 왠지 정말 진지하게 느껴져. 왜인지는 몰라. 왜일까? 하지만 계속 함께 이런저런 이야기를 하면서 어느 순간 문득 그렇게 생각했어. 그리고 계속 생각해봤지. 그 진지함이라는 게 뭘지."

그녀는 고개를 들고 잠시 내 얼굴을 바라보았다.

"일부러 다른 전철에 태워보낸 게 아니야." 나는 말했다. "아마 딴생각에 빠져 있었던 것 같아."

그녀는 고개를 끄덕였다.

"내일 전화할게." 나는 말했다. "다시 만나 천천히 이야기하자."

그녀가 손끝으로 눈물자국을 닦고 다시 양손을 코트 주머니에 넣었다. "……고마워. 그리고 이래저래 미안해."

"네가 사과할 건 하나도 없어. 내가 잘못한 거야."

그리고 그날 밤, 우리는 헤어졌다. 나는 혼자 계속 벤치에 앉아 마지막 담배에 불을 붙이고 빈 담뱃갑을 쓰레기통에 던졌다. 시계는 벌써 열두시 근처를 가리켰다.

내가 그날 밤 저지른 두번째 오류를 깨달은 것은 그로부터 아홉 시간이나 지난 뒤였다. 너무도 바보 같고 너무도 치명적인 실수였다. 나는 빈 담뱃갑과 함께 그녀의 전화번호를 적어둔 성냥갑까지 내버렸던 것이다. 꽤나 찾아다녔지만 아르바이트한 회사의 명부에도, 전화번호부에도, 그녀의 전화번호는 적혀 있지 않았다. 대학교 학생과에도 문의해봤지만 역시 알 수 없었다. 그후로 그녀와는 두 번 다시 만나지 못했다.

그녀가 내가 만난 두번째 중국인이다.

4

세번째 중국인 이야기.

앞에서 말했듯이 그는 내가 고등학교 때 알고 지내던 사람이다. 말하자면 친구의 친구. 몇 번 말을 나눌 기회가 있었다.

그때 나는 스물여덟 살이었다. 결혼하고 육 년의 세월이 흘렀다. 육 년 동안 고양이 세 마리의 장례를 치렀다. 희망을 몇 개쯤 불태우고 고통을 몇 개쯤 두툼한 스웨터에 말아 땅속에 묻었다. 모든 일은 이 종잡을 수 없는 거대한 도시에서 벌어졌다.

서느런 12월 오후였다. 바람은 없었지만 공기는 몹시 싸늘했고, 이따금 구름 사이로 비쳐드는 햇빛도 거리를 뒤덮은 어두운 회색 막을 걷어내진 못했다. 나는 은행에 다녀오는 길에 통유리창으로 아오야마 거리가 내다보이는 조용한 찻집에 들어가 커피를 마시며 막 사온 소설의 책장을 넘기고 있었다. 읽다 지치면 눈을 들어 거리를 흘러가는 차들을 바라보고, 그러다 다시 책을 읽었다.

문득 정신을 차려보니 그가 내 앞에 서 있었다. 그리고 내 이름을 불렀다.

"맞지?"

나는 놀라서 책에서 눈을 들고 그렇다고 말했다. 전혀 기억에 없는 얼굴이었다. 나이는 내 또래, 모양새가 좋은 네이비블루 블레이저코트와 색깔을 맞춘 레지멘털 타이를 맨 번듯한 차림새였다. 하지만 그 모든 게 점점 닳아가는 듯한 느낌이었다. 옷이 낡았다든가 해졌다든가 하는 문제가 아니었다. 그저 닳아가고 있었다. 얼굴도 비슷했다. 분명 이목구비는 반듯한데 표정은 그때그때 어디선가 억지로 긁어모은 조각 모음에 지나지 않았다. 그런 느낌이 들었다. 급하게 차려낸 파티 테이블의 짝이 맞지 않는 접시들.

"앉아도 될까?"

"응." 나는 말했다. 그는 맞은편 자리에 앉아 주머니에서 담뱃갑과 조그만 금색 라이터를 꺼내더니 불도 붙이지 않고 테이블 위에 내려놓았다.

"왜, 기억 안 나?"

"안 나." 나는 그 이상 생각하기를 포기하고 솔직히 털어놓았다. "미안하지만 항상 이래. 사람 얼굴을 잘 기억 못 해서."

"옛날 일을 잊어버리고 싶어서 그런 게 아닐까. 잠재적으로 말이야."

"그럴지도 모르겠네." 나는 인정했다. 분명 그럴지도 모른다.

웨이트리스가 물을 가져오자 그는 아메리칸 커피를 주문했다.

아주 연하게, 라고 말했다.

"위가 안 좋아. 실은 커피도 담배도 끊으라고 했는데." 그는 담뱃갑을 만지작거리며 그렇게 말했다. 그리고 위가 안 좋은 사람이 위 이야기를 할 때 특유의 표정을 지었다. "음, 조금 전에 하던 얘기 말인데, 나는 너와 똑같은 이유로 옛날 일을 하나도 빠짐없이 기억하고 있어. 정말 묘한 얘기지. 나도 온갖 것을 깨끗이 잊고 싶은데 말이야. 그런데 아무리 잊으려 해도 그럴수록 온갖 것이 자꾸 생각난다니까. 자려고 하면 할수록 정신이 또렷해질 때가 있잖아. 그거랑 마찬가지야. 어째서 이렇게 됐는지 나도 잘 모르겠어. 기억할 리 없는 것들까지 떠오른다고. 이렇게 옛날 일만 잔뜩 기억하고 있으니 앞으로 살아갈 인생의 기억을 저장할 여지는 더이상 없는 게 아닐까 불안할 정도로 기억이 선명해. 난감한 일이야."

나는 손에 든 책을 테이블 위에 엎어놓고 커피를 한 모금 마셨다.

"게다가 아주 생생해. 그때의 날씨부터 기온과 냄새까지. 마치 지금도 거기 있는 듯한 기분이야. 그래서 때로는 스스로도 어리둥절해. 대체 진짜 나는 어디에 살고 있을까 하고. 지금 여기 존재하는 모든 게 어쩌면 그저 지나간 기억은 아닐까 싶을 때마저 있어. 그런 생각 해본 적 있어?"

나는 멍하니 고개를 저었다.

"너에 대해서도 실로 또렷이 기억하고 있어. 길을 걷다가 유리창 너머로 흘끗 보고 금세 알았지. 내가 말을 걸어서 방해가 됐나?"

"아냐." 나는 말했다. "하지만 나는 전혀 기억이 안 나네. 정말 미안하지만."

"미안할 거 없어. 내가 멋대로 불쑥 알은체했는데 뭘. 신경쓰지 마. 기억날 때가 되면 저절로 기억나. 원래 그런 거야. 기억이란 사람에 따라 작동 방식이 제각각이거든. 용량도, 방향성도 다르지. 두뇌 활동을 돕는 기억도 있고, 방해하는 기억도 있어. 좋고 나쁜 건 없어. 그러니까 신경쓰지 마. 별일 아니니까."

"이름을 알려줄래? 아무리 해도 생각이 안 나고, 생각이 안 나면 영 찜찜하거든." 나는 그에게 말했다.

"이름이야 어떻든 상관없어, 정말로." 그가 말했다. "그걸 네가 기억해내도 좋고, 기억해내지 못해도 좋아. 어느 쪽이든 괜찮아. 어느 쪽이든 마찬가지야. 내 이름이 기억 안 나는 게 정 그렇게 신경쓰이면 나를 처음 보는 사람이라고 생각해. 그래도 대화하는 데 지장은 없으니까."

커피가 나오자 그는 맛없다는 듯이 홀짝였다. 그가 한 말의 진의를 나는 파악할 수 없었다.

"너무도 많은 물이 다리 밑으로 흘러갔다. 고등학교 때 영어 교과서에 나온 말인데, 기억나?" 그는 말했다.

고등학교 때? 그러면 이 남자는 고등학교 때 알던 사람인가?

"아닌 게 아니라 그 말대로야. 요전번에 다리 위에 서서 멍하니 아래를 내려다보고 있었거든. 그랬더니 그 영어 예문이 문득 떠오르는 거야. 확 실감이 나더라고. 그렇구나, 시간이라는 건 이렇게 흘러갔구나, 하고."

그는 팔짱을 끼고 의자 깊숙이 몸을 묻은 채 애매한 표정을 지었다. 그것도 일종의 표정이긴 했지만 도대체 어떤 감정을 의미하는지는 전혀 알 수 없었다. 표정을 만드는 유전자 곳곳이 닳아버린 느낌이었다.

"결혼은 했어?" 그가 내게 물었다.

나는 고개를 끄덕였다.

"아이는?"

"없어."

"나는 하나 있어. 사내아이." 그는 말했다. "벌써 네 살이야. 유치원에 다녀. 튼튼한 게 장점이지."

아이 얘기는 그걸로 끝나고 우리는 입을 다물었다. 내가 담배를 입에 물자 그가 재빨리 라이터로 불을 붙여주었다. 몹시 자연스러운 손놀림이었다. 나는 누군가가 담배에 불을 붙여주거나 술을 따라주는 걸 별로 좋아하지 않지만 그의 경우는 딱히 거슬리지 않았다. 그가 불을 붙여주었다는 걸 잠시 눈치채지 못했을 정도였다.

"하는 일은 뭐야?"

"작은 장사." 나는 대답했다.

"장사?" 잠시 입을 떡 벌렸다가 그가 말했다.

"응. 별로 대단한 건 아니고." 나는 그렇게 말하고 말끝을 흐렸다. 그는 몇 번 고개를 끄덕이기만 하고 굳이 더이상은 묻지 않았다. 일 이야기가 싫은 건 아니었다. 그러나 말하기 시작하면 길어질 테고, 그걸 일일이 다 설명하기에 나는 너무 피곤한 상태였다. 게다가 나는 상대방의 이름조차 모르는 것이다.

"그래도 놀랍다, 네가 장사를 하다니. 전혀 안 어울릴 것 같았는데."

나는 미소지었다.

"예전에는 책만 읽었잖아." 그는 신기하다는 듯 다시 말을 이었다.

"뭐, 책이라면 지금도 읽고 있어." 나는 쓴웃음을 지으며 그렇게 말했다.

"백과사전은?"

"백과사전?"

"응. 있어?"

"아니." 나는 영문을 모른 채 고개를 저었다.

"백과사전은 안 읽어?"

"뭐, 있으면 읽겠지." 나는 말했다. 하지만 지금 내가 사는 집에는 그런 걸 놓을 자리가 없었다.

"실은 내가 요즘 백과사전을 팔러 다니고 있어." 그가 말했다.

그때까지 마음의 반절을 차지하고 있던 이 남자에 대한 흥미가 한순간에 사라졌다. 그렇군, 백과사전을 파는군. 나는 차게 식은 커피를 한 모금 후룩 마시고 가만히 받침접시에 내려놓았다.

"갖고 싶기는 해. 있으면 좋겠지. 그런데 아쉽지만 지금은 돈이 없어. 정말 조금도. 빚도 있는데 이제 겨우 갚아나가는 참이라서."

"야야, 그러지 마라." 그는 말했다. 그리고 고개를 저었다. "너한테 백과사전을 강매하려는 게 아니야. 나도 너 못지않게 가난하지만 그렇게까지 궁하진 않아. 그리고 사실 난 일본인에게는 안 팔아도 돼. 뭐랄까, 그런 규칙이 있어."

"일본인?" 나는 말했다.

"응, 내 경우는 중국인 전문이거든. 중국인한테만 백과사전을 팔지. 전화번호부에서 도쿄에 사는 중국인 집을 골라 목록을 만들고 하나하나 전부 찾아가는 거야. 누가 생각해냈는지 모르지만 뭐, 쓸 만한 아이디어지. 게다가 판매실적도 나쁘지 않아. 벨을 누르고 안녕하세요, 처음 뵙겠습니다, 저는 이런 사람입니다, 하면서 명함을 내밀어. 그게 다야. 그러면 이른바 동포간의 정으로 얘기가 생각보다 잘 진행돼."

갑자기 뭔가가 머릿속의 키를 탁 튕겼다.

"생각났다!" 나는 말했다.

고등학교 때 알고 지내던 중국인 친구였다.

"이상하지. 어쩌다가 중국인을 상대로 백과사전 같은 걸 팔고 다니는 신세가 됐는지 나도 모르겠어." 그는 말했다. 지극히 객관적인 말투였다. "물론 하나하나 구체적인 상황은 기억나지만, 그것들이 하나로 이어져서 이런 방향으로 흘러갔다는 전체 줄기가 안 보여. 그런데 정신을 차려보니 어느새 이렇게 돼 있네."

나는 그와 같은 반이었던 적도 없고, 그렇게 개인적으로 친밀하게 이야기를 나눈 적도 없었다. 아는 사람의 아는 사람쯤 되는 사이였다. 하지만 내가 기억하는 한 그는 가정환경도 나쁘지 않고 성적도 분명 나보다 좋았다. 여학생들에게도 인기 있는 편이었을 것이다.

"뭐, 이런저런 일들이 있었지, 몹시 길고 칙칙하고 평범한 이야기야. 아마 듣지 않는 게 좋을걸." 그는 그렇게 말했다.

대답할 말을 찾지 못해 나는 가만히 있었다.

"내 탓만도 아니야." 그는 말했다. "이런저런 복잡한 일들이 겹쳤어. 그래도 뭐 결국은 내 탓이지만."

그사이 나는 고등학교 때의 그를 떠올려보려 했다. 하지만 엄청나게 막연한 것밖에 떠오르지 않았다. 언젠가 한번 누구네 집 주방 식탁에 앉아 함께 맥주를 마시며 음악 이야기를 한 적이 있는 것 같았다. 아마 여름날 오후였을 것이다. 그러나 그것도 정확하지 않았다. 아주 오래전에 꾼 뒤로 잊어버린 꿈 같았다.

"왜 너한테 말을 걸었을까?" 스스로에게 묻는 듯한 말투였다. 그러고서 그는 잠시 테이블 위의 라이터를 손으로 빙글빙글 돌렸다. "뭐, 어쨌든 방해됐지? 미안해. 그래도 만나서 반가웠어. 정확히 뭐가 반가웠는지는 모르겠지만."

"방해는 무슨." 나는 말했다. 그건 정말이었다. 나 역시 별 이유도 없이, 왠지 이상하게 반가웠던 것이다.

우리는 잠시 입을 다물었다. 무슨 말을 더 해야 할지 알 수 없었기 때문이다. 그래서 나는 계속 담배를 피우고 그는 커피를 마저 마셨다.

"그럼, 슬슬 가봐야겠다." 그는 담배와 라이터를 주머니에 챙겨넣으며 말했다. 그리고 의자를 조금 뒤로 밀었다. "별로 여유부릴 시간이 없어. 다른 것들도 팔 게 많아서."

"팸플릿 있어?" 나는 물었다.

"팸플릿?"

"백과사전 팸플릿 말이야."

"아." 그가 멍하니 말했다. "지금은 없어. 보고 싶냐?"

"보고 싶네. 그냥 호기심이지만."

"그럼 집으로 부쳐줄게. 주소 알려줄래?"

나는 수첩을 한 장 찢어내 주소를 적어 그에게 건넸다. 그는 그것을 흘끗 보고 반듯이 두 번 접어 명함첩에 넣었다.

"꽤 괜찮은 사전이야. 내가 팔아서 하는 말이 아니라, 정말 잘 만들었어. 컬러사진도 많고. 틀림없이 쓸모가 있을 거야. 나도 가끔 들고서 훌훌 읽어보는데 싫증이 안 나."

"몇 년 뒤가 될지 알 수 없지만, 여유가 생기면 살지도 모르겠어."

"그렇게 되면 좋겠다." 그는 다시 선거 포스터에서 볼 법한 미소를 입가에 띠었다. "응, 그렇게 될 거야. 하지만 그때쯤이면 나는 이미 백과사전과 연을 끊은 뒤일걸. 중국인 집을 한 바퀴 다 돌고 나면 일이 없어질 테니까. 그럼 다음에는 뭘 하게 될까. 중국인 전문 손해보험이려나. 아니면 비석 세일즈? 뭐 됐어, 뭐든 팔 게 있겠지."

나는 그때 그에게 뭔가 말하고 싶었다. 아마도 이 남자를 만날 일은 이제 두 번 다시 없을 거라고 생각해서였다. 내가 그에게 하고 싶은 말은 중국인과 관련된 무언가였다. 하지만 도대체 무슨 말을 하고 싶은지 명확히 파악할 수 없었다. 그래서 나는 아무 말도 하지 않았다. 그저 평범한 작별인사를 했을 뿐이다.

지금이라도 역시 아무 말 못 하리라 생각한다.

5

이미 서른을 넘은 한 남자인 지금, 다시 한번 외야로 날아가는 공을 쫓아가다 농구대에 전속력으로 부딪히고 다시 한번 글러브를 베개 삼아 포도시렁 밑에서 눈을 뜬다면 나는 이번에는 뭐라고 말할까? 모르겠다. 아니, 어쩌면 이렇게 말할지도 모른다. 여기는 나를 위한 장소도 아니야, 라고.

그런 생각이 든 것은 야마노테 선 전철 안이었다. 나는 문 앞에 서서 차표를 잃어버리지 않도록 단단히 움켜쥔 채 유리 너머의 풍경을 바라보고 있었다. 우리의 도시, 그 풍경은 왠지 내 마음을 지독히 어둡게 만들었다. 도시 생활자가 연중행사를 치르듯 빠져드는 낯익은 것, 탁한 커피젤리 같은 정신의 엷은 어둠이 다시금 나를 사로잡고 있었다. 지저분한 빌딩, 이름 없는 사람들의 무리, 끊이지 않는 소음, 꼼짝 못하는 자동차의 행렬, 잿빛 하늘, 공간을 가득 메운 광고판, 욕망과 포기와 초조와 흥분. 그곳에는 무수한 선택지가 있고, 무수한 가능성이 있었다. 하지만 그것은 무수한 동시에 제로였다. 우리는 그 모든 것을 손에 쥐었지만 우리 손안에 있는 것은 제로였다. 그것이 도시였다. 나는 문득 그 중국인 여자애의 말을 떠올렸다. "애초에 여기는 내가 있을 장소가 아니야."

나는 도쿄의 거리를 보며 중국을 생각한다.

나는 그렇게 수많은 중국인을 만났다. 그리고 수많은 중국 관련 서적을 읽었다. 『사기史記』에서부터 『중국의 붉은 별』까지. 나는 중국에 대해 더 많은 것을 알고 싶었다. 하지만 그 중국은 나만을 위한 중국일 뿐이다. 그것은 나밖에 독해할 수 없는 중국이다. 나에게밖에 메시지를 보내지 않는 중국이다. 지구본 위에 노랗게 칠해진 중국과는 다른, 또하나의 중국이다. 그것은 하나의 가설이고, 하나의 잠정이다. 어떤 의미에서 그것은 중국이라는 말로 오려내진 나 자신이다. 나는 중국을 방랑한다. 하지만 비행기를 탈 필요는 없다. 그 방랑은 여기 도쿄의 지하철 안이나 택시 뒷좌석에서 이루어진다. 그 모험은 근처 치과 대기실이나 은행 창구에서 이루어진다. 나는 어디에도 갈 수 있고, 어디에도 갈 수 없다.

도쿄—그리고 어느 날, 야마노테 선 전철 안에서 이 도쿄라는 도시조차 돌연 리얼리티를 잃기 시작한다. 그 풍경은 창밖에서 갑작스레 붕괴하기 시작한다. 나는 차표를 쥐고 그 광경을 가만히 바라본다. 도쿄의 거리에 나의 중국이 재처럼 쏟아져내려 이 거리를 결정적으로 침식해간다. 그것은 차차 사라져간다. 그렇다, 여기는 나의 장소도 아닌 것이다. 그렇게 우리의 언어는 사라지고 우리가 품었던 꿈은 언젠가 뿌옇게 지워진다. 영원히 이어질 것 같던 그 따분한 소년 시절이 인생 어딘가에서 갑자기 사라져버렸듯이.

오류…… 오류라는 것은 그 중국인 여대생이 말했듯이(혹은 정신분석의가 말하듯이) 결국 역설적인 욕망인지도 모른다. 그렇다면 오류야말로 나 자신이며 당신 자신인 셈이다. 그렇다면 출구 따위는 어디에도 없는 것이다.

그래도 나는 그 옛날 충실한 외야수로서의 자그마한 자부심을 트렁크 바닥에 챙겨넣고 항구의 돌계단에 앉아 텅 빈 수평선 위로 언젠가 모습을 드러낼지도 모르는 중국행 슬로보트를 기다릴 것이다. 그리고 중국 거리의 빛나는 지붕을 그리워하고 그 푸른 초원을 그리워할 것이다.

그러니 상실과 붕괴 뒤에 무엇이 오든 나는 이제 그것을 두려워하지 않으리라. 마치 4번 타자가 몸 쪽 변화구를 두려워하지 않는 것처럼, 열렬한 혁명가가 교수대를 두려워하지 않는 것처럼. 만일 정말로 그럴 수 있다면……

친구여, 중국은 너무도 멀다.

가난한 아주머니 이야기

1

처음 시작은 흠잡을 데 없이 화창한 7월의 일요일 오후였다. 7월의 첫번째 일요일. 조그만 구름 덩어리 두셋이 신중하게 찍힌 바람직한 문장부호처럼 저 하늘 멀리 하얗게 떠 있었다. 햇빛은 무엇에도 가로막히지 않고 스스럼없이 온 세계를 비췄다. 꾸깃꾸깃 뭉쳐서 잔디 위에 내버린 초콜릿 포장지조차 그 7월의 왕국에서는 호수 밑바닥 전설의 수정처럼 자랑스럽게 빛났다. 가만히 보고 있으면 마치 상자 안에 또다른 상자가 들어 있는 것처럼 빛 속에 또다른 빛이 있음을 알 수 있었다. 그 빛 속의 빛은 무수히 많은 고운 꽃가루처럼 보였다. 불투명하고 부드러운 꽃가루다. 그것들은 정처 없이 허공을 떠돌아다니다 이윽고 천천히 땅바닥에 내려앉았다.

나는 산책을 다녀오는 길에 신주쿠의 회화관 앞 광장에 들렀다. 그리고 동행과 둘이서 연못가에 앉아 멍하니 건너편 일각수 동상을 올려다보고 있었다. 긴 장마가 막 걷힌 참이었다. 상쾌한 여름 바람이 떡갈나무 잎을 살랑살랑 흔들고 이따금 얕은 연못 수면에 자잘한 물결을 일으켰다. 시간은 그런 식으로 움직였다가 멈추고, 멈췄다가 다시 움직였다. 맑은 물속 바닥에는 콜라 캔이 몇 개 가라앉아 있었다. 그것은 내게 수몰된 고대 도시의 폐허를 연상하게 했다. 유니폼을 맞춰입은 동네 야구팀과 자전거를 탄 아이, 개를 데리고 온 노인, 조깅 팬츠를 입은 외국인 청년이 우리 둘 앞을 가로질러갔다. 잔디 위에 놓인 대형 트랜지스터라디오에서 달콤한 멜로디의 팝송이 바람을 타고 어렴풋이 들려왔다. 잃어버린 사랑이니 잃어버릴 듯한 사랑이니 하는 노래다. 어디선가 들은 적 있는 듯한 멜로디인데 확신은 없었다. 그저 다른 어떤 멜로디와 비슷한 것뿐인지도 모른다. 나는 멍하니 그 음악에 귀를 기울였다. 햇빛이 훤히 드러난 내 양팔에 조용히 빨려들었다. 소리도 없이, 아주 온화하게, 조용히. 나는 이따금 팔을 얼굴 앞으로 들어올려 쭉 뻗어보았다. 여름이 온 것이다.

그런 일요일 오후에 왜 하필 가난한 친척 아주머니가 내 마음을 사로잡았는지 잘 모르겠다. 주위에 가난한 아주머니의 자취라고는 없었고, 가난한 아주머니라는 존재를 상기시키는 무언가도 없었다. 그럼에도 가난한 아주머니는 내게 다가왔다가 떠나갔다. 기껏해야 몇백분의 일 초밖에 안 되는 찰나였으나 그녀는 내 마음속에 존재했다. 그리고 그 자리에 사람 모양의 기묘한 공백을 남겼다. 마치 누군가가 창밖을 스쳐지나 그대로 사라져버린 듯한 느낌이었다. 서둘러 창가로 뛰어가 얼굴을 내밀어본다. 그러나 거기에는 이미 아무도 없다.

가난한 아주머니?

나는 다시 한번 주위를 둘러보고 여름 하늘을 올려다보았다. 그것은 내게 다가왔고, 그리고 떠나버렸다. 언어는 투명한 탄도처럼 일요일 오후 속으로 빨려들어갔다. 시작은 항상 이렇다. 어느 순간 모든 것이 존재하고 그다음 순간에는 사라져버린다.

"가난한 아주머니에 대해 써보고 싶어." 동행을 향해 그렇게 말해보았다. 나는 소설을 쓰고자 하는 인간이다.

"가난한 아주머니?" 그녀는 조금 놀란 기색이었다. 무언가를 가늠하는 듯한 눈빛으로 잠시 내 얼굴을 바라보았다. "왜 그럴까? 왜 하필 가난한 아주머니야?"

왜냐니, 나도 모른다. 어찌된 영문인지 나를 사로잡는 것은 늘 알 수 없는 것들이다.

그러고 나서 우리는 한동안 잠자코 있었다. 나는 그사이 가슴 속에 남은 사람 모양의 공백을 손가락으로 더듬어보았다.

"그런 이야기, 아무도 안 읽고 싶어할 수도 있어." 그녀가 말했다.

"물론 읽을거리로는 매력적이지 않을지도 모르지." 나는 인정했다.

"그럼 왜 그런 걸 쓰고 싶다는 거야?"

"말로는 잘 설명할 수 없어." 나는 말했다. "내가 왜 가난한 아주머니에 대한 소설을 쓰려는지 이유를 설명하려면 그에 대한 소설을 써야 하고, 그에 대한 소설을 쓰고 나면 그걸 쓰는 이유를 설명할 이유도 이미 없지 않을까."

그녀는 말없이 미소지으며 주머니에서 구깃구깃한 담배를 꺼내 불을 붙였다. 그녀는 항상 담배를 구겨버린다. 가끔은 너무 구겨져서 불이 붙지 않을 때도 있다. 그러나 이번에는 제대로 붙었다.

"그런데," 그녀가 말했다. "네 친척 중에 가난한 아주머니가 있긴 해?"

"아니." 나는 말했다.

"난 친척 중에 가난한 아주머니가 한 분 있어. 진짜야. 진짜 가난한 아주머니. 몇 년 함께 살기도 했고."

나는 그녀의 눈을 보았다. 그녀의 눈은 여느 때처럼 고요했다. "하지만 나는 그 아주머니에 대해 글을 쓰고 싶진 않아." 그녀가 말했다. "한 마디도 쓰고 싶지 않아."

트랜지스터라디오가 또다른 노래를 흘려보내기 시작했다. 앞 곡과 비슷했지만 이번에는 멜로디가 전혀 기억에 없었다.

"네게는 가난한 아주머니가 한 분도 없어." 그녀는 말을 이었다. "그래도 가난한 아주머니에 대해 뭔가를 쓰고 싶어해. 나에게는 진짜 가난한 아주머니가 있어. 그래도 그걸 글로 쓸 생각은 없지. 신기하다고 생각하지 않아?"

나는 고개를 끄덕였다. "왜일까?"

그녀는 잠시 고개를 갸웃했을 뿐 그 물음에는 대답하지 않았다. 그저 몸을 뒤로 돌린 채 가느다란 손가락 끝을 물에 담그고 흔들었다. 마치 내 질문이 그녀의 손끝을 타고 물밑 폐허로 빨려드는 느낌이었다. 지금도 그 연못 밑바닥에는 내 물음표가 꼼꼼히 닦아낸 금속조각처럼 반짝반짝 빛나며 가라앉아 있을 게 틀림없다. 그리고 아마도 주위의 콜라 캔을 향해 같은 질문을 퍼붓고 있을 것이다.

왜일까? 왜일까? 왜일까?

그녀는 구깃구깃한 담배에서 구깃구깃한 재를 바닥에 떨어뜨렸다. "실은 그 가난한 아주머니에 대해서는 나도 하고 싶은 말이 많은 것 같아. 하지만 그걸 표현할 알맞은 말이 안 떠올라. 나한테는 벅찬 일이야. 나는 진짜 가난한 아주머니를 아니까." 그렇게 말하고 그녀는 가볍게 입술을 깨물었다. "그건 아마 네 생각보다 훨씬 더 멀리 뿌리를 뻗고 있을 거야."

나는 다시 한번 일각수 동상을 올려다보았다. 일각수 두 마리는 어딘가에 내버려진 시간의 흐름을 향해 초조하다는 듯 네 개의 앞발을 쳐들고 있었다. 그녀는 물에 담그고 있던 손가락을 셔츠자락에 몇 번 문질러 닦고 몸을 앞으로 돌렸다. "넌 가난한 아주머니에 대해 글을 쓰려 해." 그녀가 말했다. "너는 그것을 떠맡으려 하고 있어. 그리고 내 생각에, 떠맡는다는 건 동시에 구원하는 일이기도 해. 그런데 지금 네가 그런 일을 할 수 있을까? 네게는 진짜 가난한 아주머니도 없는데."

나는 한숨을 내쉬었다.

"미안해."

"아니, 괜찮아. 아마 네 말이 맞을 거야." 나는 말했다.

그렇다네, 나에게는/진짜 가난한 아주머니도 없어……

이건 마치 노랫말 같은데.

2

당신 역시 친척 중에 가난한 아주머니가 없을지도 모른다. 그렇다면 나와 당신은 '가난한 아주머니가 없다'는 공통점을 갖고 있는 셈이다. 기묘한 공통점이다. 마치 조용한 아침의 물웅덩이 같은 공통점이다.

하지만 당신도 누군가의 결혼식에서 가난한 아주머니의 모습을 본 적은 있을 것이다. 어느 책꽂이에나 읽다 말고 오래도록 내버려둔 책 한 권이 있듯이, 어느 옷장에나 거의 팔을 꿰어본 적 없는 셔츠 한 장이 있듯이, 어느 결혼식에나 가난한 아주머니 한 명은 있다.

누군가가 그녀를 소개하는 일도, 그녀에게 말을 거는 일도 거의 없다. 축사를 부탁하는 일도 없다. 그녀는 오래된 우유병처럼 테이블 앞에 단정히 앉아 있을 뿐이다. 불안한 듯 콩소메 수프를 홀짝거리고, 생선 포크로 샐러드를 먹고, 강낭콩을 집다가 놓치고, 결국 아이스크림 스푼이 부족해질 판이다. 그녀가 보낸 선물은 운이 좋으면 붙박이장 깊숙이 처박힐 것이고 운이 나쁘면 이사 때 뭔지 알아볼 수도 없는 먼지투성이 트로피와 함께 내버려질 것이다.

이따금 꺼내보는 결혼식 앨범에도 그녀가 찍혀 있지만, 그 모습은 상태가 양호한 익사체처럼 어딘지 위태롭다.

여기 이 여자는 누구야? 여기, 둘째 줄에 안경 쓴 사람……

아, 중요한 사람 아니야. 젊은 남편은 대답한다. 그냥 가난한 아주머니야.

그녀에게 이름은 없다. 그냥 가난한 아주머니, 그뿐이다.

물론 이름 따위 언젠가는 사라진다, 고 말할 수도 있다.

하지만 사라지는 방식에도 여러 가지가 있을 것이다. 우선 죽음과 동시에 이름이 사라지는 경우. 이건 간단하다. '강이 말라 물고기가 떼죽음을 당했다' 혹은 '불길이 숲을 온통 뒤덮고 새들은 모조리 불타버렸다'…… 우리는 그들의 죽음을 애도한다. 그 다음은 오래된 텔레비전처럼 죽은 뒤에도 흰빛이 화면에서 치지직거리다가 어느 날 뚝 사라지는 경우. 이것도 나쁘지 않다. 길을 잃고 헤매는 인도코끼리의 발자국 같기는 하지만, 그리 나쁘지는 않다. 그리고 마지막으로 한 가지 더, 죽기 전부터 이미 이름이 사라진 경우, 즉 가난한 아주머니들이다.

하지만 나 역시 이따금 이런 가난한 아주머니와 같은 이름 상실 상태에 빠지곤 한다. 해질녘 북적거리는 터미널에서 내가 가야 할 곳이며 이름이며 주소가 머릿속에서 휑하니 사라진다. 물론 매우 짧은 사이, 오 초나 십 초쯤의 시간이지만.

이런 일도 있다.

"당신 이름이 도무지 생각나지 않네요." 누군가가 말한다.

"괜찮아요, 신경쓰지 마세요. 원래 그렇게 대단한 이름도 아니니까."

그는 제 목울대를 몇 번이나 가리킨다. "아휴, 여기서 나올락 말락 하는데 말예요."

그럴 때, 나는 내가 땅속에 묻혀서 왼쪽 발끝만 겨우 튀어나와 있는 것 같은 기분이 든다. 이따금 누군가 발이 걸려 비틀거리고는 사과를 한다. 아차, 실례. 딱 여기서 나올락 말락 하는데 말예요……

그러면 잃어버린 이름은 대체 어디로 자취를 감추는 걸까? 미로 같은 이 도시에서 그들이 살아남을 확률은 아마도 지극히 낮을 터이다. 어떤 것은 수송트럭에 치여 길바닥에 납작 깔리고, 어떤 것은 그저 수중에 잔돈이 없다는 이유만으로 전철도 타지 못한 채 객사해버리고, 또 어떤 것은 호주머니에 가득한 자존심을 무게추 삼아 깊은 강에 가라앉았을 것이다.

하지만 그래도 그들 중 몇몇은 무사히 살아남아 잃어버린 이름의 도시에 도착해, 거기서 은밀한 커뮤니티를 쌓아올렸을지도 모른다. 자그마한, 정말로 자그마한 도시다. 그리고 입구에는 분명 이런 간판이 서 있을 것이다.

관계자 외 입장 금지.

관계자도 아니면서 입장한 자는 물론 그 나름의 소소한 대가를 치르게 된다.

*

어쩌면 그것은 나를 위해 준비된 소소한 대가였는지도 모른다. 내 등에 가난한 아주머니가 작게 달라붙은 것이다.

그녀의 존재를 맨 처음 깨달은 것은 8월 중순이었다. 무슨 계기로 깨달은 것은 아니다. 그저 문득 느꼈을 뿐이다. 내 등에 가난한 아주머니가 있다, 고.

그건 결코 불쾌한 감각이 아니었다. 그리 무겁지도 않고 귀 뒤에 냄새나는 입김을 내뿜지도 않았다. 그녀는 표백된 그림자처럼 내 등에 찰싹 달라붙어 있을 뿐이었다. 어지간히 주의를 기울이지 않고서는 남들은 알아보지도 못할 것이다. 함께 사는 고양이들도 처음 이삼일은 그녀를 미심쩍은 눈빛으로 쳐다봤지만 그녀에게 자신들의 영역을 침범할 의지가 없다는 것을 알자 곧바로 그 존재에 익숙해졌다.

몇몇 친구는 왠지 뒤숭숭한 내색을 했다. 마주앉아 한창 술을 마시는 중에 내 등뒤에서 그녀가 이따금 슬쩍슬쩍 얼굴을 내밀었기 때문이다.

"이거, 자꾸 신경쓰이네."

"신경쓰지 마." 내가 말했다. "얌전하고, 딱히 피해를 주지도 않으니까."

"아, 그건 알지. 하지만 어쩐지 우울해져서 말이야."

"되도록 안 쳐다보면 되잖아."

"하긴." 그는 말하고 한숨을 쉬었다. "대체 어디서 그런 걸 짊어지고 왔어?"

"딱히 어디서랄 것도 없어." 나는 말했다. "그냥 내내 이런저런 생각들을 했었어. 그것뿐이야."

그는 고개를 끄덕이고 한숨을 내쉬었다. "알 것 같네. 넌 옛날부터 그랬지."

"응."

우리는 별로 내키지 않는 기분으로 한 시간쯤 위스키를 마셨다.

"저기." 내가 물었다. "대체 왜 그렇게 우울해진다는 거야?"

"그게, 어쩐지 어머니가 내다보는 것 같거든."

"왜?"

"왜냐니……" 그는 난처한 듯 말했다. "네 등에 달라붙어 있는 게 아무리 봐도 우리 어머니니까 그렇지."

몇몇 사람의 그런 인상을 종합해보면(내가 직접 그녀의 모습을 볼 수는 없었기 때문에), 내 등에 달라붙은 것은 하나의 형태로 고정된 가난한 아주머니가 아니라, 일종의 에테르처럼 보는 사람 각자의 심상心象에 따라 각기 다른 모습으로 나타나는 모양이었다.

어떤 친구에게 그건 작년 가을 식도암으로 죽은 아키타개였다.

"열다섯 살이니까 이미 많이 늙어서 비척비척했지. 그래도 식도암이라니, 너무 가엾어."

"식도암?"

"그래, 식도에 생기는 암. 무척 고통스러운 병이야. 나도 그것만은 사양하고 싶어. 날마다 낑낑댔다니까. 그마저도 소리가 제대로 안 나오더라. 아예 안락사를 시킬까도 생각했는데, 어머니가 반대하셨어."

"왜?"

"내가 알겠냐. 아마 당신 손을 더럽히고 싶지 않았던 거겠지." 그는 별로 달갑지 않다는 듯 그렇게 말했다. "아무튼 두 달쯤 링거를 달고 살았어. 창고 바닥에서. 냄새가 엄청났지."

거기서 그는 잠시 입을 다물었다.

"그리 대단한 개는 아니었어. 겁이 많아서 사람을 보면 짖기만

하고 아무 쓸모도 없었지. 시끄럽고, 피부병도 있었고."

나는 고개를 끄덕였다.

"차라리 개가 아니라 매미로 태어나는 게 행복했을지도 몰라. 아무리 울어도 미움받을 일 없고, 식도암에 걸릴 일도 없었을 테니까."

하지만 그녀는 여전히 개의 모습으로, 입 밖으로 플라스틱 튜브를 쑥 내민 채 내 등에 달라붙어 있었다.

어느 부동산업자에게 그건 아주 오래전 다녔던 초등학교의 여교사였다.

"1950년, 분명 한국전쟁이 시작된 해였어." 그는 두툼한 타월로 얼굴의 땀을 닦으며 말했다. "이 년 동안 우리 반을 맡았었는데, 정말 그립네. 아니, 실은 거의 잊어버리고 살았지만."

그는 나를 그 여교사의 친척쯤으로 생각한 듯 시원한 보리차를 내주었다.

"생각해보면 참 가엾은 분이었어. 결혼한 해에 남편이 군대에 끌려갔는데 수송선으로 실려가던 중 콰앙, 그게 1943년이었나. 선생님은 그후에도 계속 초등학교에서 아이들을 가르쳤지만 이듬해 공습으로 불길을 뒤집어썼다고 해. 왼뺨에서부터 왼팔까지 말이야." 그는 손끝으로 왼뺨에서 왼팔까지 긴 선을 긋더니 제

몫의 보리차를 단숨에 마시고 다시 타월로 땀을 닦았다. "고운 분이었지 싶은데 가엾게도…… 어쩐지 성격까지 변해버렸다더라고. 살아 있다면 벌써 예순쯤 되셨을 거야. 1950년이라……"

이런 식으로 길모퉁이의 지도가, 결혼식의 좌석표가 만들어진다. 내 등을 중심으로 가난한 아주머니의 네트워크가 조금씩 넓어진다.

하지만 그와 동시에 내 주위에서 한 명 또 한 명, 마치 빗살이 빠지듯이 친구들이 사라졌다.

"걔가 나쁜 녀석은 아니지." 그들은 말했다. "근데 만날 때마다 우울한 어머니(혹은 식도암으로 죽은 늙은 개, 혹은 화상 흉터가 있는 여교사) 얼굴을 봐야 하는 건 좀 그렇잖아."

나는 마치 치과 의자가 되어버린 듯한 기분이었다. 어느 누구도 나를 나무라지 않았고 어느 누구도 나를 미워하지 않았다. 하지만 다들 나를 피하고 어딘가에서 우연히 마주쳐도 그럴싸한 이유를 대며 금세 자리를 떴다. 너하고 같이 있으면 어쩐지 가슴이 답답해져. 어느 여자애는 어렵사리, 그러나 솔직하게 말했다. 만일 네가 등에 짊어진 게 우산꽂이 같은 거라면 그나마 참을 만했을 텐데……

우산꽂이.

뭐, 좋아. 나는 생각했다. 애초에 사람들과 어울리는 걸 즐기는 편은 아니다. 게다가 우산꽂이를 짊어지고 살고 싶은 생각은 전혀 없다.

그런 식으로 친구들은 나를 피했지만, 대신 매스컴이 앞다투어 나를 취재하러 왔다. 대부분 주간지였다. 그들은 하루가 멀다 하고 찾아와 나와 아주머니의 사진을 찍고, 아주머니의 모습이 제대로 찍히지 않는다며 짜증을 내고, 엉뚱한 질문을 산더미처럼 던지고는 돌아갔다. 나는 잡지에 실리면 가난한 아주머니에 대해 어떤 새로운 발견이나 전개가 생기지 않을까 기대했다. 하지만 아무런 발견도, 아무런 전개도 없었다. 피로가 쌓일 뿐이었다.

텔레비전 모닝쇼에도 출연한 적이 있다. 방송국 사람들이 아침 여섯시에 나를 두들겨 깨워 차에 태워서 스튜디오로 데려가더니 정체 모를 커피를 내주었다. 사방에서 영문 모를 사람들이 영문 모를 일을 하고 있었다. 나는 그대로 스튜디오 문을 열고 집으로 돌아가고 싶었다. 하지만 미처 그러지 못하고 있는 사이 내 차례가 되어버렸다. 진행자는 카메라가 돌아가지 않을 때면 지독히 신경질적이고 오만하고 천박한 남자였다. 사소한 일로 트집을 잡아 주위 사람들을 괴롭혔다. 나는 한눈에 그 남자가 싫어졌다. 그러나 다시 카메라에 빨간 불이 들어오면 그는 딴사람이 되었다. 온화하고 인텔리전트한, 인상 좋은 중년 남자였다.

"자, 그럼 〈세상에 이런 일이〉 코너입니다." 그는 카메라를 향해 말했다. "네에, 오늘 이곳에 오신 ……씨는 어쩌다보니 등에 가난한 아주머니를 짊어지게 되셨는데요, 가난한 아주머니가 등에 들러붙은 사람은 그리 흔치 않죠. 오늘 아침에는 이분이 그렇게 된 과정이라든가 고생담을 짧게 들어보겠습니다." 그리고 내 쪽을 보았다. "어떻습니까? 뭔가 불편한 점은 없습니까?"

"딱히 불편하거나 고생스럽다 할 만한 건 없어요." 나는 말했다. "무겁지도 않고 등에서 뭘 먹고 마시는 것도 아니니까요."

"그러면 어깨가 결린다거나 하지도……"

"안 그래요."

"언제부터 거기 달라붙은 건가요?"

나는 일각수 동상이 있는 광장 이야기를 짤막하게 해봤지만 진행자는 무슨 의미인지 잘 이해하지 못하는 기색이었다.

"그렇다면 말이죠." 그는 헛기침을 하고 말했다. "연못가에 앉아 계셨는데 그 연못 속에 가난한 아주머니가 숨어 있다가 올라와서 등에 씌었다는 건가요?"

아닙니다, 라고 말하고 나는 고개를 저었다. 맙소사. 역시 이런 데 오는 게 아니었다. 결국 사람들이 원하는 건 그저 그런 우스갯소리나 저급한 괴담인 것이다.

"가난한 아주머니는 유령이 아니에요. 어디에 숨거나 누구한테 씌거나 하진 않습니다. 그건 말하자면 언어예요." 나는 넌더리를 내며 설명했다. "그냥 말이라고요."

아무도 입을 열지 않았다.

"언어란 의식에 접속된 전극 같은 거라서 그것을 통해 동일한 자극을 계속 내보내면 반드시 어떤 반응이 일어납니다. 물론 개인에 따라 반응의 종류는 완전히 다르지만, 내 경우에 그건 독립된 존재감 같은 거였어요. 마치 입속에서 혀가 점점 부푸는 듯한 느낌이죠. 내 등에 달라붙은 것도 따져보면 가난한 아주머니라는 말이에요. 의미도 없고 형체도 없어요. 굳이 말하자면 개념적인 기호 같은 겁니다."

진행자는 왠지 난처한 표정을 지었다. "의미도 없고 형체도 없다고 하셨는데, 우리는 실제로 당신 등에서 분명하게 어떤 모습을 볼 수 있고, 그것은 우리 각자에게 의미를 만들어내는데요."

나는 어깨를 으쓱했다. "기호란 원래 그런 거지요."

"그렇다면 말이죠." 보조 진행을 맡은 젊은 여자가 슬슬 딱딱해진 분위기를 풀어보려는 듯 질문했다. "없애려고 마음먹으면 그 이미지인지 존재인지 하는 것을 본인의 의지로 자유롭게 없앨 수 있겠군요?"

"그건 어렵죠. 한번 생겨난 것은 내 의지와 관계없이 계속 존재합니다. 기억과 마찬가지예요. 가령 잊고 싶은데 잊을 수 없는 기억이 있잖아요. 그런 것과 같죠."

젊은 여자 진행자는 이해할 수 없다는 듯이 질문을 계속했다.

"그러면, 아까 말씀하신 언어를 개념적으로 기호화하는 작업이란 게 저한테도 가능한가요?"

"잘될지 안 될지는 모르겠지만, 적어도 원리적으로는 가능합니다." 나는 대답했다.

"만일 제가," 거기서 진행자가 끼어들었다. "이를테면 개념적이라는 말을 날마다 수없이 되풀이했다고 합시다. 그러면 제 등에 언젠가 그 개념적이 형체를 띠고 나타날 수도 있겠군요."

"원리적으로는 가능합니다." 나는 기계적으로 대답을 되풀이했다.

"개념적이라는 말이 개념적으로 기호화되는 셈이네요."

"그렇습니다." 스튜디오의 조명이 너무 강하고 이상한 냄새가 나는 통에 나는 머리가 아파오기 시작했다. 사람들의 새된 목소리도 두통을 조장했다.

"그런데 개념적이란 대체 어떤 모양일까요?" 진행자가 물었다. 몇몇 게스트가 웃었다.

모르겠습니다, 나는 말했다. 그런 것은 생각하고 싶지도 않았다. 나는 내 몫의 가난한 아주머니 하나를 떠맡은 것만으로도 이미 충분했기 때문이다. 심지어 그들에게는 이 문제가 절실하지 않았다. 그들은 그저 다음 광고까지 시간을 때우려고 떠들고 있을 뿐인 것이다.

물론 세계의 모든 것은 코미디다. 어느 누가 거기서 자유로울 수 있을까? 강한 조명이 비치는 방송국 스튜디오에서 어두운 숲 속 은자의 암자까지 상황의 근본은 모두 똑같다. 나는 등에 가난한 아주머니를 짊어진 채 그런 세계를 줄곧 걸어왔다. 물론 나는 그런 코미디의 세계에서도 특히 두드러지는 코미디다. 어쨌든 가난한 아주머니를 짊어지고 있으니까. 그 여자애의 말처럼 차라리 우산꽃이라도 짊어졌어야 했다. 그랬더라면 사람들은 나를 친구로 받아주었을지 모른다. 나는 일주일 단위로 우산꽃이 색깔을 바꿔 칠해가며 파티마다 얼굴을 내밀었을 것이다.

"와아, 이번주는 우산꽃이가 핑크색이네?" 누군가 말한다.

"응, 그래." 나는 대답한다. "다음주는 브리티시 그린으로 할 생각이야."

핑크색 우산꽃이를 짊어진 남자와 침대에 기어드는 것에 흥미를 느끼는 여자아이도 세상에는 있을지 모른다.

하지만 유감스럽게도 내가 짊어진 것은 우산꽃이가 아니라 가난한 아주머니였다. 시간이 지나면서 나와 내가 짊어진 아주머니에 대한 사람들의 관심은 점점 희미해져갔다. 결국 (내 동행이 말했듯이) 아무도 가난한 아주머니 따위에는 관심을 갖지 않는 것이다. 당초의 미약한 호기심이 그것이 거쳐야 할 과정을 한바탕 거친 다음 사라져버리자 그뒤에는 바다 밑바닥 같은 침묵밖에 남지 않았다. 그것은 나와 가난한 아주머니가 한몸이 되어버린 듯한 깊은 침묵이었다.

3

"네가 출연한 텔레비전 방송을 봤어." 동행이 말했다.

우리는 지난번 그 연못가에 앉아 있었다. 그녀를 만나는 건 석 달 만이고 이제 벌써 가을 초입이다. 시간은 눈 깜짝할 사이에 지나가버렸다. 그렇게 오래도록 그녀를 만나지 않은 적은 처음이었다.

"조금 피곤해 보이던데?"

"굉장히 피곤했어." 나는 말했다.

"별로 너 같지 않았어."

나는 고개를 끄덕였다. 그래, 정말이지 나 같지 않았다.

그녀는 무릎 위에서 긴소매 트레이닝셔츠를 몇 번이나 개키는 중이었다. 개켰다가는 펼치고, 펼쳤다가는 다시 개켰다. 마치 시간을 뒤로 돌렸다 앞으로 당겼다 하는 것처럼.

"너도 마침내 자기 몫의 가난한 아주머니를 가진 것 같네." 그녀가 말했다.

"그런 거 같아." 나는 말했다.

"어때, 어떤 기분이야?"

"우물 바닥에 떨어진 수박 같은 기분."

그녀는 무릎 위에 단정히 개켜둔 부드러운 트레이닝셔츠를 마치 고양이처럼 쓰다듬으며 웃었다.

"그녀에 대해 뭔가 알게 됐어?"

"조금은." 나는 말했다. "적어도, 조금은 알게 된 것 같아."

"그래서 글은 좀 썼고?"

"아니." 나는 슬쩍 고개를 저었다. "전혀 안 써져. 쓰고 싶은 마음이 안 생겨. 앞으로 영영 못 쓸지도 몰라."

"마음 약한 소리."

"네가 언젠가 말했듯이, 내가 그 무엇도 구원할 수 없다면, 가난한 아주머니에 대해 쓴들 무슨 의미가 있겠어?"

그녀는 입술을 깨문 채 잠시 침묵했다.

"저기, 나한테 뭔가 질문해봐. 조금쯤 도움이 될지도 몰라."

"가난한 아주머니에 대한 권위자로서?"

"응." 그녀는 말했다. "물어봐. 내가 가난한 아주머니에 대해 뭔가 말하고 싶어지는 때는 앞으로 두 번 다시 없을 테니까."

어디서부터 시작해야 좋을지, 생각해내는 데 시간이 걸렸다.

"이따금 대체 어떤 사람이 가난한 아주머니가 되는지 궁금해져." 나는 말했다. "가난한 아주머니는 태어나면서부터 가난한 아주머니였는지, 아니면 가난한 아주머니적인 상황이라는 것이 개미지옥처럼 길모퉁이마다 뻐끔 입을 벌리고 있다가, 지나가던 사람들을 꿀꺽 삼켜서 영락없이 가난한 아주머니로 만들어버리는 것인지."

그녀는 몇 번 고개를 끄덕였다. 좋은 질문이라고 말하려는 듯이.

"어느 쪽이든 마찬가지야." 그녀는 말했다.

"마찬가지라고?"

"응. 말하자면 가난한 아주머니에게는 가난한 아주머니적인 소녀시대가 있고 청춘이 있었을 거야. 혹은 없었는지도 모르지. 하지만 어느 쪽이든 상관없어. 세상에는 몇백만 가지의 결과를 위한 몇백만 가지의 이유가 넘쳐나. 살아가기 위한 몇백만 가지의 이유, 죽기 위한 몇백만 가지의 이유, 이유를 붙이기 위한 몇백만 가지의 이유. 그런 건 떨이로 파는 물건처럼 전화 한 통이면 손쉽게 구할 수 있어. 하지만 네가 찾는 건 그런 게 아니지?"

"그건 그렇지." 나는 말했다.

"그녀는 존재해. 그것뿐이야." 그녀는 그렇게 말했다. "너는 그걸 인정하고 받아들여야 해. 이유든 원인이든 그런 건 아무려나 상관없어. 가난한 아주머니는 그저 그곳에 존재하는 거야. 가난한 아주머니는 그 존재 자체가 이유야. 우리가 특별한 이유도 원인도 없이 이렇게 지금 여기에 존재하는 것과 마찬가지야."

우리는 말없이 그대로 연못가에 앉아 있었다. 투명한 가을 햇살이 그녀의 옆얼굴에 자그마한 그늘을 드리웠다.

"저기, 네 등에서 뭐가 보이느냐고 나한테 물어봐줄래?"

"내 등에서 뭐가 보여?"

"아무것도 안 보여." 그녀는 미소지으며 말했다. "너밖에 안 보여."

"고마워." 나는 말했다.

*

물론 시간은 모든 인간을 평등하게 때려눕혀가리라. 마치 길바닥에 쓰러져 죽을 때까지 늙은 말을 후려치는 저 마부처럼. 하지만 그 매질은 몹시 조용해서 자신이 맞고 있다는 사실을 깨닫는 사람은 얼마 되지 않는다.

그래도 우리는 가난한 아주머니라는, 비유하자면 수족관 유리를 통해, 시간이 그렇게 날뛰는 꼴을 눈앞에서 확인할 수 있다.

비좁은 유리 케이스 안에서 시간은 아주머니를 오렌지 짜듯이 쥐어짠다. 즙 같은 건 이제 한 방울도 나오지 않는다.

나를 잡아끄는 것은 그녀 안의 그러한 완벽함이다.

이제 정말 한 방울도 안 나온다니까!

그렇다, 완벽함은 마치 빙하에 유폐된 사체처럼 아주머니라는 존재의 핵 위에 자리잡고 있다. 스테인리스스틸로 만든 듯 견고한 빙하다. 아마도 만 년의 태양이 아니고서는 그 빙하를 녹일 수 없으리라. 물론 가난한 아주머니가 만 년이나 살 수 있을 리 없으니, 그녀는 그 완벽함과 함께 살아가고 그 완벽함과 함께 죽어서 그 완벽함과 함께 묻힐 것이다.

땅속의 완벽함과 아주머니.

그리하여 만 년 뒤 어둠 속에서 빙하가 녹으면 완벽함은 무덤을 밀어젖히고서 땅 위에 모습을 드러낼지도 모른다. 분명 땅 위의 모습은 예전과 완전히 달라졌으리라. 하지만 만일 그곳에 여전히 결혼식이라는 의식이 존재한다면, 가난한 아주머니가 남긴 완벽함은 그 자리에 초대받아 훌륭한 테이블 매너로 코스 식사를 마치고, 자리에서 일어나 진심이 담긴 축사를 읊을지도 모른다.

하지만 뭐, 그런 얘기는 관두자. 어차피 그건 서기 11980년의 일이니까.

4

가난한 아주머니가 내 등을 떠난 것은 가을이 끝나갈 무렵이었다.

겨울이 오기 전에 마쳐두어야 할 일이 생각나서 나는 가난한 아주머니와 함께 교외선 전철을 탔다. 오후의 교외선 전철 승객은 한 손에 다 꼽힐 만큼 적었다. 멀리 나가는 게 정말 오랜만이라 나는 지루한 줄도 모르고 내내 창밖 풍경을 바라보았다. 공기는 시리도록 청명하고 산은 부자연스러울 만큼 짙푸르며 철길 옆 나무들은 군데군데 붉은 열매를 매달고 있었다.

돌아오는 전철에서는 통로 맞은편에 삼십대 중반의 빼빼한 엄마와 두 아이가 앉았다. 엄마 왼쪽, 누나로 보이는 여자아이는 유치원 원복인 듯한 감색 서지 원피스를 입고 빨간 리본이 달린 새 회색 펠트 모자를 쓰고 있었다. 폭이 좁고 동그란 챙이 달린 예쁘장한 모자였다. 엄마 오른쪽에는 세 살쯤 되는 남자아이가 앉아 있었다. 그들에게 이렇다 하게 눈길을 끄는 특징은 없었다. 얼굴 생김새도 옷차림도 지극히 평범했다. 커다란 짐을 안은 엄마는 지친 표정이었다. 하지만 엄마들은 대부분 지친 표정을 짓는 법이다. 그래서 나는 그들에게 거의 신경쓰지 않았다. 그들이 전철에 올라타 통로 건너편 자리에 앉을 때 한 번 흘끗 눈길을 주었을 뿐이다. 그후 나는 내내 고개를 숙이고 문고판 책을 읽었다.

그런데 이윽고 여자아이가 칭얼대는 목소리가 내 귀에 와 닿았다. 뭐라고 하소연을 하듯 절박한 짜증이 담긴 목소리였다.

"시끄러워, 전철 안에서는 조용히 하라고 했지." 엄마의 목소리가 들렸다. 그녀는 무릎에 올린 짐 위에다 잡지를 펼쳐놓고 열심히 읽는 중이었다.

"그치만 엄마, 내 모자가……" 여자아이가 말했다.

"좀 가만있어." 엄마가 매몰차게 말했다.

여자아이는 뭔가 더 말하려다가 꿀꺽 삼키고 부루퉁하게 입을 다물었다. 엄마를 사이에 두고 앉은 남자아이가 조금 전까지 누나가 쓰고 있던 모자를 양손으로 쥐고 이리저리 잡아당기고 있었다. 여자아이는 팔을 뻗어 모자를 뺏으려 했다. 하지만 남자아이는 몸을 비틀며 절대 내놓으려 하지 않았다.

"저것 봐, 모자가 다 망가져." 여자아이가 울먹이는 소리로 말했다.

엄마는 귀찮다는 듯 남자아이를 흘끔 바라보더니 건성으로 손을 뻗어 모자를 잡으려 했다. 그러나 남자아이는 양손으로 모자를 꽉 쥐고 고집스레 버텼다. 엄마는 곧바로 단념했다. 그냥 잠깐 가지고 놀게 둬, 어차피 금방 싫증낼 거니까, 하는 식의 말을 딸에게 했다. 여자아이는 도저히 승복할 수 없다는 표정이었다. 하지만 딱히 말대답은 하지 않았다. 말대답을 해봐야 꾸중만 들으리라는 사실을 아는 것이다. 그녀는 입술을 앙다물고 동생의 손아귀에 잡힌 모자를 쏘아보았다. 엄마는 그사이 계속 잡지를 읽었다. 잠시 후 남자아이가 이번에는 모자에 달린 빨간 리본을 잡아당기기 시작했다. 엄마의 무관심 덕분에 갈수록 제멋대로 구는 듯싶었다. 아이는 리본을 만지작대면 누나가 화를 내리라는 것을 알았다. 알면서도 일부러 잡아당기는 것이다. 정말이지 심술궂은 행동이었다. 나까지 조금 화가 났다. 자리에서 일어나 아이의 손에서 모자를 낚아채버릴까 생각했을 정도였다.

여자아이는 잠자코 동생을 보았다. 그녀는 무언가를 생각하는 듯했다. 그리고 벌떡 일어나 손바닥으로 동생의 뺨을 찰싹 때리고는 그가 주춤한 사이 모자를 홱 낚아채 자기 자리로 돌아갔다. 엄청나게 재빠른 동작이었다. 모든 것이 한순간에 일어난 일이라 엄마와 동생이 그 행위의 의미를 이해하기까지는 심호흡 한 번만큼의 시간이 걸렸다. 동생이 돌연 큰 소리로 울음을 터뜨렸고 그와 동시에 엄마의 손바닥이 여자아이의 맨무릎을 찰싹 내리쳤다. 그러고서 남자아이 쪽으로 돌아앉아 뺨을 어루만지며 달랬다. 하지만 남자아이는 울음을 그치지 않았다.

"엄마, 그치만 내 모자가……" 여자아이가 말했다.

"차 안에서 떠드는 애는 우리집 애가 아니야." 엄마가 말했다.

여자아이는 입술을 깨문 채 고개를 푹 숙이고 자기 모자를 가만히 보았다.

"저쪽으로 가 있어."

엄마는 내 옆의 빈자리를 가리켰다. 여자아이는 딴 데를 보면서 곧게 뻗은 엄마의 손가락을 무시하려 했지만 그 손가락은 공중에 얼어붙은 채 언제까지고 내 왼편을 가리켰다. "어서 가. 너는 이제 우리집 애가 아니니까."

여자아이는 포기한 듯 모자와 가방을 들고 자리에서 일어나더니 천천히 통로를 가로질러 내 옆에 와 앉아서 고개를 떨구었다. 그리고 무릎 한가운데 올려놓은 모자챙을 손가락으로 어루만졌다. 하지만 진짜 잘못한 건 쟤야. 그녀는 그렇게 생각했다. 내 모자 리본을 막 잡아뜯으려고 했는걸. 고개 숙인 아이의 뺨에 몇 줄기 눈물이 흘러내리는 게 보였다.

시간은 벌써 저녁나절이었다. 어스레한 차내등의 노란 불빛이 마치 서글픈 나방의 인분처럼 주위에 풀풀 흩날렸다. 그것은 공중을 떠돌다가 사람들의 코나 입을 통해 소리 없이 몸속으로 빨려들어갔다. 나는 책을 덮은 뒤 무릎 위에 양손을 올려놓고 오랫동안 손바닥을 물끄러미 바라보았다. 내 손바닥을 그렇게 찬찬히 들여다보는 건 생각해보니 무척 오랜만이었다. 차내등의 부연 불빛 아래서 내 손은 유난히 시커멓고 더러웠다. 영 내 손처럼 보이지 않았다. 그 사실이 내 기분을 서글프게 만들었다. 그 손은 아무리 보아도 앞으로 누군가를 행복하게 해줄 수 있을 손으로는 보이지 않았기 때문이다. 누군가를 구원할 수 있는 손으로도 보이지 않았다. 나는 옆에서 훌쩍이는 여자아이의 어깨에 손을 얹고 위로해주고 싶었다. 너는 전혀 잘못한 게 없다고, 모자를 재빠르게 낚아챈 그 솜씨는 정말 대단했다고 말해주고 싶었다. 그러나 물론 나는 그녀에게 손을 대지 않았고 아무 말도 하지 않았다. 그런 짓을 했다가는 그녀는 훨씬 혼란스러워하고 겁을 먹을 것이다. 게다가 무엇보다 지금 내 손은 이렇게나 시커멓게 더러워져 있다.

전철에서 내리자 주위에 벌써 겨울바람이 불었다. 스웨터의 계절이 끝나고 두툼한 코트의 계절이 거리로 다가오고 있었다. 나는 잠시 겨울 코트를 생각했다. 새 코트를 사야 하나 말아야 하나란 생각이었다. 그러고 계단을 내려와 개찰구를 통과했을 때 불현듯 깨달았다. 가난한 아주머니가 어느새 내 등에서 사라졌다는 것을.

그녀가 언제 사라져버렸는지는 알 수 없었다. 그녀는 왔을 때와 마찬가지로 누구도 눈치채지 못하게 조용히 내 등에서 사라졌다. 어딘지는 몰라도 그녀는 원래 그녀가 존재하던 장소로 돌아갔고, 나는 원래의 나 자신으로 돌아왔다.

하지만 원래의 나 자신이 대체 무엇이었는지 나는 이제 확신할 수 없었다. 그것은 원래의 나 자신을 꼭 닮은 또다른 나 자신처럼 느껴졌다. 앞으로 어떻게 해야 할지 알 수 없었다. 사막 한가운데 서 있는, 글자가 지워진 표지판처럼 나는 완벽하게 외톨이였다. 방향을 가늠할 수도 없었다. 호주머니의 동전을 죄다 모아 공중전화에 집어넣고 그녀의 집 번호를 돌렸다. 여덟 번 벨이 울리고 아홉번째에 그녀가 받았다.

"자고 있었어." 그녀는 잠긴 목소리로 말했다.

"저녁 여섯시에?" 나는 놀라서 물었다.

"어젯밤부터 일이 계속 밀려서, 바로 두 시간 전에 겨우 끝냈거든."

"깨워서 미안해." 나는 말했다. "좀 이상한 말일지 모르겠지만, 그냥 정말로 네가 살아 있는지 확인해보고 싶었어. 솔직히 말하자면."

수화기 너머에서 그녀가 작게 미소짓는 것을 느낄 수 있었다.

"그렇게 물어봐줘서 고마워." 그녀는 말했다. "괜찮아, 살아 있어. 계속 살려고 열심히 일했고, 그 바람에 졸려 죽을 지경이야. 이제 됐어? 안심했지?"

"응, 안심했어." 나는 말했다.

"있지." 그녀가 고백하는 듯한 투로 말했다. "산다는 건 꽤 힘들어."

"맞아." 나는 말했다. 정말 그 말이 맞다. 산다는 것은 꽤 힘든 일이다. "괜찮으면 같이 식사라도 할까?" 나는 물어보았다.

"미안하지만 아무것도 먹고 싶지 않아. 지금은 그냥 아무 생각 없이 자고 싶어, 그뿐이야."

"나도 딱히 배가 고픈 건 아니야." 내가 말했다. "그냥 너하고 이야기하고 싶었어. 할말이 몇 가지 있어서."

수화기 너머에서 그녀가 잠시 침묵했다. 입술을 깨물고 새끼 손가락을 눈썹에 댔다. 나는 느낄 수 있었다.

"나중에 하자." 그녀는 대화를 끊듯이 천천히 그렇게 말했다. "일단 지금은 좀 잘게. 잠깐이라도 좋아. 좀 자고 일어나면 틀림없이 모든 게 잘 풀릴 거야. 일어나면 너한테 전화할게. 알았지?"

"알았어." 나는 말했다. "잘 자."

"응, 안녕."

그러나 그녀는 잠시 망설였다. "저기, 무슨 급한 얘기야?"

"안 급해." 나는 말했다. "딱히 급한 건 아니야. 나중에 해도 상관없어." 그렇다, 시간이라면 엄청나게 많다. 만 년이든 이만 년이든. 나는 얼마든지 기다릴 수 있다.

그녀는 다시 한번 "안녕"이라 말하고 전화를 끊었다. 나는 손에 든 노란색 수화기를 잠시 바라보다 조용히 제자리에 놓았다. 전화를 끊자 갑자기 몹시 배가 고팠다. 미칠 듯한 공복감이었다. 뭐라도 좋으니 뭔가 마구 먹고 싶었다. 입에 들어가는 거라면 뭐든 상관없다. 그들이 내게 먹을 것을 준다면 나는 땅바닥에 납작 엎드려 그들의 손가락까지 빨지도 모른다.

좋아, 너희 손가락을 빨 것이다. 그런 다음 비 맞은 철길 침목처럼 푹 잠들어야지. 누가 와서 걷어차도 절대 일어나지 않을 테다. 만 년 동안 푹 자는 것이다.

나는 전화기에 몸을 기대 머릿속을 텅 비우고 눈을 감았다. 몇만 명에 이르는 사람들의 발소리가 파도처럼 나를 씻어내렸다. 사람들은 하염없이 걸었다. 터벅터벅, 터벅터벅, 그들은 발걸음을 옮긴다. 가난한 아주머니는 대체 어디로 돌아갔을까 나는 생각했다. 그리고 나는 대체 어디로 돌아온 걸까?

만일, 이라고 나는 생각한다. 만일 만 년 뒤에 가난한 아주머니들만의 사회가 출현한다면, 그녀들은 나를 위해 도시의 문을 열어줄까? 그곳에는 가난한 아주머니들에게 선택받은 가난한 아주머니들의 정부가 있고, 관공서가 있고, 가난한 아주머니들이 핸들을 잡은 가난한 아주머니들을 위한 전철이 달리고, 가난한 아주머니들의 손으로 쓰인 가난한 아주머니를 위한 소설이 존재할 것이다.

아니, 그녀들은 그런 걸 전혀 필요로 하지 않을지도 모른다. 정부도 전철도 소설도.

그녀들은 오히려 거대한 식초병 같은 것을 수없이 만들고 그 안에 들어가 조용히 살아가기를 원할지도 모른다. 하늘에서 내려다보면 그런 병 몇만, 몇십만 개가 시선이 가닿는 데까지 땅위에 죽 늘어서 있으리라. 그건 분명 헉 소리 날 만큼 멋진 광경일 것이다.

그렇다, 만일 그 세계에 시 한 토막이 들어갈 여지가 있다면 나는 그에 대한 시를 써도 좋다. 그리고 나는 가난한 아주머니들 세계의 영예로운 첫 계관시인이 되는 것이다.

나쁘지 않다, 고 나는 생각한다.

나는 초록색 유리병에 비친 태양을 노래하고, 그 발치에 바다처럼 펼쳐진 아침이슬 반짝이는 초원을 노래하리라.

하지만 어차피 그건 서기 11980년의 이야기다. 그리고 만 년이라는 시간은 기다리기에는 너무도 기나길다. 그때까지 나는 수많은 겨울을 뛰어넘어야 한다.

뉴욕 탄광의 비극

지하에서는 구조작업이
계속되고 있을지도 모른다
아니면 모두들 포기하고
이미 철수해버렸을까
—〈뉴욕 탄광의 비극〉
(작사 · 노래 비지스)

태풍이나 집중호우가 닥칠 때마다 동물원을 찾는 비교적 기묘한 습관을 십 년째 고수해온 남자가 있다. 내 친구다. 그는 동물원에서 걸어서 십오 분 거리에 산다.

태풍이 마을로 다가와 정상적인 사람들이 허둥지둥 덧문을 닫고 생수를 사러 달려나가고 트랜지스터라디오며 손전등의 상태를 확인할 때쯤이면, 그는 베트남전쟁이 한창이던 시절 미군부대에서 방출되어 제 손에 들어온 판초를 둘러쓰고 양쪽 호주머니에 캔맥주를 쑤셔넣은 뒤 동물원으로 향했다. 그 때문에 태풍이 오면 언제나 회사를 쉬었다.

운이 나쁘면 동물원 문은 닫혀 있었다.

오늘은 기상 악화로 휴원합니다.

뭐, 당연한 얘기다. 대체 어느 누가 태풍 부는 날 오후에 기린이나 얼룩말을 보겠다고 동물원을 찾아올까.

그는 기분좋게 포기하고 동물원 문 앞에 늘어선 다람쥐 석상에 앉아 미지근해진 캔맥주를 마시고 집으로 돌아왔다.

운이 좋으면 문은 열려 있었다.

그는 입장료를 내고 안으로 들어가 금세 젖어 흐늘거리는 담배를 애써 피워가며 동물들을 한 마리 한 마리 꼼꼼하게 둘러보았다. 손님은 거의 없었다. 동물들은 모두 우리에 틀어박혀 있었다. 그들은 멍한 눈으로 비 내리는 유리창 너머를 바라보거나 흥분해서 강풍 속을 뛰어다니거나 급격한 기압 변화에 벌벌 떨거나 성을 내기도 했다.

그는 항상 인도호랑이 우리 앞에 앉아 맥주를 한 캔 마시고(태풍이 오면 항상 인도호랑이가 가장 성을 냈기 때문이다), 다음으로 고릴라 우리에서 두번째 캔을 마셨다. 고릴라는 늘 태풍에 무관심했다. 태풍보다는 그의 모습이 훨씬 흥미로운 모양이었다. 반어인半魚人 같은 모양새로 콘크리트 바닥에 앉아 캔맥주를 마시는 그를 고릴라는 항상 딱하다는 표정으로 바라보았다. "마치 고장난 엘리베이터에 우연히 함께 탄 느낌이야." 그는 말했다.

하긴 그런 태풍 부는 오후를 제외하면 그는 지극히 정상적인 인물이었다. 그리 유명하지는 않지만 아담하니 괜찮아 보이는 외국계 무역회사에 다니고 깔끔한 아파트에 혼자 살면서 반년 단위로 여자친구를 바꿨다. 대체 어떤 이유로 그토록 부지런하게 여자친구를 바꿔야 하는지, 나는 도무지 이해할 수 없었다. 그녀들은 모두 세포분열이라도 한 것처럼 비슷비슷했기 때문이다. 적어도 나는 전혀 구분이 가지 않았다.

왜 그런지 많은 이들이 그에 대해 평범하고 둔감한 사람이라는 필요 이상의 선입견을 갖고 있었지만 본인은 전혀 신경쓰지 않는 눈치였다. 그에게는 상태가 그리 나쁘지 않은 중고차가 있고, 발자크 전집이 있고, 장례식에 입고 가기에 안성맞춤인 검은 양복과 검은 넥타이와 검은 가죽구두가 있었다.

누군가 죽어서 장례식에 갈 때마다 나는 그에게 전화를 걸었다. 양복과 넥타이와 가죽구두를 빌리기 위해서다. 양복과 가죽구두는 내게 한 사이즈씩 컸지만 물론 배부른 소리를 할 처지가 아니었다.

"미안해." 매번 나는 말했다. "또 장례식이야."

"응, 가져가, 가져가. 급하지? 지금 바로 와서 가져가도 돼." 그는 말했다. 그의 집에 들어가면 테이블 위에는 벌써 말끔히 다린 양복과 넥타이가 가지런히 놓여 있고, 구두는 반짝반짝 닦여 있고, 냉장고에는 차가운 외국 맥주가 가득 들어 있었다. 모든 것이 언제든 쓸 수 있도록 준비되어 있었다. 그는 그런 남자였다. 하긴 그런 인간이 아니고서는 반년 단위로 여자친구를 바꾸는 귀찮은 짓은 못 할 것이다.

"그러고 보니 일전에 동물원에서 고양이를 봤었어." 그가 맥주 마개를 따며 말했다.

"고양이?"

"응, 이 주 전쯤 홋카이도로 출장을 갔는데, 그 참에 근처 동물원에 가봤더니 '고양이'라는 팻말이 걸린 작은 우리가 있고 그 안에서 고양이가 자고 있더라고."

"어떤 고양이?"

"지극히 평범한 고양이야. 어디서나 볼 수 있는. 갈색 줄무늬에 꼬리가 짧고 엄청 뚱뚱해. 그게 그냥 벌렁 드러누워 자고 있는 거야."

"홋카이도에서는 고양이가 희귀한 모양이지." 내가 말했다.

"에이, 말도 안 돼." 그는 어이없다는 듯이 말했다. "아무리 홋카이도라도 고양이는 있어. 전혀 희귀할 것 없다고."

"그렇지만 뒤집어 생각해보면, 왜 고양이가 동물원에 있으면 안 된다는 거야?" 나는 물었다. "고양이도 동물이잖아."

"습관적인 거니까. 고양이나 개는 흔해빠진 동물이라고. 일부러 동물원까지 가서 구경할 만한 게 아니야. 주변을 둘러보면 얼마든지 찾을 수 있잖아." 그가 말했다. "인간과 마찬가지지."

둘이서 맥주를 여섯 개쯤 마시고 나면 그는 큼직한 백화점 종이가방에 넥타이와 비닐커버를 씌운 양복과 구두 상자를 솜씨 좋게 담아주었다.

"번번이 미안해." 나는 말했다. "사야겠다고 생각은 하는데 영 손이 안 나가더라고. 상복을 사면 왠지 누군가가 죽는다는 걸 인정해버리는 기분이 들어서 말이야."

"신경쓸 거 없어. 어차피 나는 입지도 않는데 뭘. 옷도 무의미하게 걸려 있는 것보단 누군가한테 도움이 되는 편을 좋아할 거야." 그가 말했다.

정작 그는 삼 년 전에 그 장례식용 양복을 맞추기만 해놓고 한 번도 걸쳐본 적이 없다.

"이 양복을 맞춘 후로 한 사람도 죽지 않았어." 그는 말했다.

"원래 그런 거야." 나는 말했다.

"정말 그런가봐." 그가 말했다.

*

정말이지 지독하게 장례식이 많은 해였다. 내 주위에서 친구들과 옛 친구들이 차례차례 죽어갔다. 그야말로 햇볕이 쨍쨍 내리쬐는 한여름 옥수수밭 같은 광경이었다. 내가 스물여덟 살 때였다.

주위 친구들도 대개 그 또래였다. 스물일곱, 스물여덟, 스물아홉…… 죽기에는 어딘가 부적합한 나이다. 시인은 스물한 살에 죽고, 혁명가와 로큰롤 가수는 스물네 살에 죽는다. 그 나이만 넘기면 당분간은 그럭저럭 잘 흘러갈 거라고 우리는 막연히 짐작했었다. 전설의 데드맨스 커브도 지나왔고, 조명이 어둡고 음산한 터널도 빠져나왔다. 이제는 직선으로 뻗은 6차선 도로로 (그다지 내키지 않더라도) 목적지를 향해 달려가면 된다. 우리는 머리를 짧게 깎고 매일 아침 수염을 밀었다. 우리는 이미 시인도 혁명가도 로큰롤 가수도 아니었다. 술에 취해 전화부스 안에서 자는 짓도, 정신을 잃을 만큼 술을 마시는 짓도, 새벽 네시에 도어스 LP판을 한껏 볼륨을 높여 듣는 짓도 모두 끊었다. 아는 사람의 부탁으로 생명보험에 가입했고 호텔 바에서 술을 마시게 되었고 치과 영수증을 챙겨 의료비를 공제받기도 했다. 어쨌거나 이제 스물여덟 살이니까……

예상치 못한 살육이 시작된 것은 그 직후였다. 기습이라고 해도 무방할 것이다.

우리는 느긋한 봄 햇살 아래 한창 옷을 갈아입는 중이었다. 옷은 사이즈가 영 맞지 않거나 셔츠 소매가 뒤집어져 있거나 했고, 오른발을 현실적인 바지에 넣으면서 왼발을 비현실적인 바지에 넣어보는 등, 말하자면 작은 소동이었다.

살육은 기묘한 총성과 함께 찾아왔다.

누군가 형이상학적인 언덕 위에 형이상학적인 기관총을 설치해놓고 우리를 향해 형이상학적인 탄환 세례를 퍼부으려는 참인 것 같았다.

하지만 결국 죽음은 죽음일 뿐이다. 바꿔 말하면, 모자에서 튀어나오건 보리밭에서 튀어나오건 토끼는 토끼일 뿐이다. 달궈진 아궁이는 달궈진 아궁이일 뿐이고, 굴뚝에서 피어오르는 검은 연기는 굴뚝에서 피어오르는 검은 연기일 뿐이다.

*

현실과 비현실 (혹은 비현실과 현실) 사이에 가로누운 그 어두운 심연을 가장 먼저 넘어간 것은 중학교 영어교사로 일하던 대학 시절 친구였다. 결혼한 지 삼 년째, 아내는 아이를 낳으러 연말부터 시코쿠의 친정에 가 있었다.

1월치고는 지나치게 따스한 일요일 오후, 그는 백화점 철물 매장에서 코끼리 귀도 자를 수 있을 듯한 독일제 면도칼과 셰이빙크림 두 통을 사들고 집에 돌아와 목욕물을 데웠다. 그리고 냉장고에서 얼음을 꺼내 스카치위스키 한 병을 비운 뒤 욕조 안에서 깨끗이 손목을 긋고 죽었다. 이틀 뒤 그의 어머니가 사체를 발견했다. 그리고 경찰이 출동해 현장 사진을 찍어댔다. 욕조는 피 때문에 토마토 주스 같은 색깔이 되어 있었다. 자살이라는 것이 경찰의 공식 발표였다. 문이 전부 잠겨 있었고, 무엇보다 죽은 본인이 당일 직접 면도칼을 샀었으니까. 하지만 그가 어떤 목적으로 앞으로 절대 쓸 리 없는 셰이빙크림을 (그것도 두 통씩이나) 샀는지는 아무도 알지 못했다.

이제 몇 시간 뒤면 자기 목숨이 끊어질 거라는 사실이 잘 와닿지 않았는지 모른다. 아니면 백화점 직원이 자살 의도를 알아차릴까봐 걱정스러웠는지도.

유서도 메모 같은 것도, 아무것도 없었다. 주방 식탁 위에는 유리잔과 빈 위스키병과 얼음을 담은 그릇, 그리고 셰이빙크림 두 통만 남아 있었다. 분명 그는 목욕물이 데워지기를 기다리는 동안 헤이그 온더록스를 몇 잔씩 목구멍으로 넘기며 식탁 위의 셰이빙크림 통을 바라보고 있었으리라. 그리고 이렇게 생각했는지도 모른다.

나는 이제 두 번 다시 수염을 깎지 않아도 돼.

스물여덟 살 청년의 죽음은 겨울비처럼 어딘가 구슬프다.

*

그뒤 열두 달 사이 네 명이 죽었다.

3월에는 사우디아라비아인지 쿠웨이트인지에서 유전사고로 한 명이 죽었고, 6월에는 두 명이 죽었다. 심장발작과 교통사고였다. 7월부터 11월까지 평화로운 계절이 이어진 뒤, 12월 중순에 마지막 한 명이 역시 교통사고로 죽었다.

처음에 자살한 친구를 빼면 대부분은 죽음을 인식할 틈도 없이 눈 깜짝할 사이에 죽어갔다. 항상 오르내리던 계단을 그날도 무심코 올라갔는데 발판 한 장이 쏙 빠져 있다, 그런 느낌이었다.

"이불 좀 깔아줄래?" 한 남자는 부인에게 말했다. 6월에 심장발작으로 죽은 친구다. 오전 열한시경의 일이었다. 그는 가구 디자이너였다. 아침 아홉시에 일어나 한동안 자기 방에서 일을 하다가 이상하게 자꾸 잠이 온다며 부엌에 가 커피를 끓여 마셨다. 하지만 커피를 마셔도 졸음은 가시지 않았다. "좀 자야겠어." 그는 말했다. "왜 그런지 머리 뒤에서 덜컹덜컹 소리가 나."

그것이 그의 마지막 말이었다. 왜 그런지 머리 뒤에서 덜컹덜컹 소리가 나. 그는 이불 속에 들어가 잠이 들었고, 그리고 두 번 다시 눈을 뜨지 않았다.

12월에 죽은 여자아이가 그해 죽은 사람 중 가장 어렸고, 동시에 유일한 여자였다. 그녀는 스물네 살이었다. 스물네 살, 혁명가와 로큰롤 가수의 나이이다. 크리스마스를 앞두고 차가운 비가 내리던 저녁나절, 맥주 회사 운송트럭과 콘크리트 전봇대 사이에 생겨난 비극적인 (그리고 지극히 일상적인) 공간에서 그녀는 으깨지듯 죽어갔다.

*

마지막 장례식을 치르고 며칠 뒤, 나는 방금 세탁소에서 받아온 양복과 답례용 위스키를 안고 양복 주인의 아파트로 갔다.

"고마워. 이번에도 잘 입었다." 나는 말했다.

냉장고에는 역시 차가운 맥주가 가득 들어 있고, 푹신한 소파에서는 희미하게 햇볕 냄새가 났다. 테이블 위에는 깨끗이 씻은 재떨이와 크리스마스용 포인세티아 화분이 있었다.

그는 비닐에 싸인 양복을 건네받더니 겨울잠에 들어간 새끼곰을 다시 동굴에 데려다놓는 듯한 손놀림으로 가만히 옷장 안에 챙겨넣었다.

"양복에 장례식 냄새가 배지 않으면 좋겠다만." 내가 말했다.

"상관없어. 원래 그럴 때 입는 옷이니까. 걱정할 건 알맹이지."

"그러게." 나는 말했다.

"어째 넌 올해 이상하게 장례식이 많았네." 그는 맞은편 소파에 다리를 길게 뻗고 맥주를 잔에 따르며 말했다. "모두 몇 명이었지?"

"다섯 명." 나는 왼쪽 손가락을 모두 펼쳐 보였다. "하지만 아무리 그래도 이제 끝일 거야."

"그럴까?"

"이미 충분히 죽었어."

"왠지 피라미드의 저주 같다." 그가 말했다. "그런 이야기를 읽은 적 있어. 충분한 수의 인간이 죽을 때까지 저주가 계속되는 거야. 아니면 붉은 별이 하늘을 빙 돌아 달그림자가 태양을 덮을 때까지."

맥주 여섯 개를 다 비우고 우리는 위스키로 넘어갔다. 겨울의 석양빛이 완만한 비탈길을 그리며 방안으로 비쳐들었다.

"요즘 네 표정이 영 어두워." 그가 말했다.

"그런가?" 나는 말했다.

"한밤중에 지나치게 생각을 해서 그래." 그가 말했다. "난 이제 한밤중에 뭔가 생각하는 거 끊었어."

"어떻게?"

"우울해질 것 같으면 아무 생각 없이 청소를 해. 새벽 두시든 세시든 설거지를 하고 가스레인지를 닦고 바닥에 걸레질을 하고 행주를 표백하고 책상 서랍을 정리하고 옷장에서 셔츠를 죄다 꺼내 다리미질하고." 그는 그렇게 말하며 손끝으로 잔 속의 얼음을 빙빙 돌렸다. "녹초가 될 때까지 그러다가 술을 딱 한 잔 마시고 자버려. 그냥 그뿐이야. 아침에 일어나 양말을 신을 때쯤이면 웬만한 일은 잊어버린 뒤야. 무슨 생각을 했는지도 기억이 안 나."

나는 새삼 그의 방을 둘러보았다. 언제나처럼 깔끔히 정돈된 청결한 방이었다.

"새벽 세시에 인간은 온갖 생각이 드는 법이야. 이것저것 안 가리고. 누구든 그렇지. 그러니까 각자 대처법을 생각해놔야 해."

"그럴지도 모르겠다." 나는 말했다.

"새벽 세시에는 심지어 동물도 **뭔가** 생각해." 문득 떠오른 듯 그는 말했다. "새벽 세시에 동물원 가본 적 있어?"

"아니." 나는 멍하니 대답했다. "없지, 물론."

"나는 딱 한 번 있어. 동물원에서 일하는 사람을 한 명 알거든. 그 친구가 밤근무를 하는 날 제발 부탁이라고 애원을 해서 들어갔어. 원래는 안 되는 일이지만." 그는 잔을 흔들었다. "그건 정말 기묘한 체험이었어. 말로는 잘 설명을 못 하겠지만, 마치 땅바닥이 사방에서 소리도 없이 갈라지고 거기서 뭔가 기어올라오는 느낌이 들었지. 그리고 밤의 어둠 속을, 땅 밑에서 기어올라온 보이지 않는 그 뭔가가 마구 날뛰는 거야. 써늘한 공기덩어리 같은 게 말이야. 눈에는 안 보여. 하지만 동물들은 그것의 존재를 느껴. 그리고 나는 동물들이 느끼는 그것을 느꼈어. 결국 우리가 밟고 선 이 대지는 지구의 중심까지 이어지고, 그 지구 중심에는 엄청난 양의 시간이 빨려들어가 있는 거지."

나는 잠자코 있었다.

"두 번 다시 갈 생각은 없어. 한밤중의 동물원 같은 데는."

"태풍이 더 나아?"

"응." 그는 말했다. "태풍이 훨씬 나아."

전화벨이 울렸다. 그는 침실로 가 수화기를 들었다. 언제나처럼 세포분열한 듯한 그의 여자친구에게서 걸려온, 세포분열한 듯 기나긴 전화였다. 그만 가보겠다고 말하려 했지만 그가 좀처럼 돌아오지 않았다. 그래서 나는 포기하고 텔레비전을 켰다. 27인치 컬러텔레비전은 손에 든 리모컨 스위치만 가볍게 누르면 소리도 없이 채널이 바뀐다. 스피커가 여섯 개나 달린 덕분에 매우 소리가 좋았다. 그렇게 멋진 텔레비전을 보기는 처음이었다.

나는 채널을 끝에서 끝까지 두 바퀴 돌려본 뒤에 뉴스쇼를 보기로 했다. 국경분쟁이 일어나고 빌딩 화재가 일어나고 통화가

치가 오르락내리락하고 있었다. 자동차 수입제한과 혹한기 수영대회와 일가족 동반 자살사건이 나왔다. 각각의 사건이 중학교 졸업사진처럼 어딘가에서 조금씩 연결된 듯 보였다.

"재미있는 뉴스 있어?" 그가 돌아와 내게 물었다.

"그냥저냥." 나는 말했다.

"텔레비전 자주 봐?"

나는 고개를 저었다. "텔레비전이 없어."

"텔레비전에는 적어도 한 가지 뛰어난 점이 있어." 잠시 생각한 뒤에 그는 말했다. "원할 때 꺼버릴 수 있다는 거. 끈다고 아무도 뭐라 하지 않는다는 거."

그는 리모컨을 집어들고 스위치를 눌렀다. 순식간에 영상이 사라졌다. 방은 괴괴히 가라앉았다. 창밖에서 빌딩의 불빛이 하나둘 켜지는 참이었다.

오 분쯤 우리는 이렇다 할 화제도 없이 위스키를 마셨다. 또 한번 전화벨이 울렸지만 그는 이번에는 못 들은 척했다. 이윽고 전화벨이 멎었을 즈음, 그는 생각난 듯 다시 텔레비전 스위치를 켰다. 순식간에 영상이 돌아오고, 뉴스 해설자가 등뒤의 꺾은선 그래프를 지시봉으로 가리키며 최근의 석유 가격 변동에 대해 설명하고 있었다.

"저것 봐. 저 사람은 우리가 오 분씩이나 텔레비전을 끄고 있었다는 사실을 전혀 몰라."

"그렇겠지." 나는 말했다.

"왜지?"

생각하는 게 귀찮아 나는 고개를 저었다.

"전원을 끄는 순간 한쪽의 존재가 제로가 되거든. 우리든 저쪽이든, 둘 중 하나가 말이야. 아무튼 살짝 스위치만 누르면 커뮤니케이션이 블랙아웃돼. 참 편하지."

"그렇게 생각할 수도 있겠네." 나는 말했다.

"생각하는 방법은 백만 가지도 넘어. 인도에서는 야자나무가 자라고, 베네수엘라에서는 정치범을 헬리콥터에서 뿌려대잖아." 그는 그렇게 말하고 다시 텔레비전을 껐다. "남 일에 이러쿵저러쿵하고 싶진 않아." 그가 말했다. "하지만 세상에는 장례식 없는 죽음도 있어. 냄새 없는 죽음도 있고."

나는 말없이 고개를 끄덕였다. 그가 무슨 말을 하고 싶은지 알 것 같았다. 한편으로는 전혀 모를 것 같기도 했다. 나는 피곤했고, 약간 혼란스러웠다. 한동안 포인세티아의 초록 잎을 손가락으로 만지작거렸다.

"실은 샴페인이 있어." 그가 진지한 표정으로 말했다. "지난번 출장 때 프랑스에서 가져온 거야. 샴페인에 대해선 잘 모르지만 고급인 건 확실해. 같이 안 마실래? 여러 번 장례식을 다녀왔으니 샴페인을 마시면 액땜이 될 거야, 분명히."

"크리스마스 밤에 여자랑 마시려고 놔뒀던 거 아냐?" 나는 물었다.

그는 차가운 샴페인 병과 새 유리잔 두 개를 테이블 위에 조용히 내려놓았다. 그리고 매우 쿨하게 미소지었다. "샴페인에 용도 같은 건 없어. 마개를 뽑아야 할 때가 있을 뿐이야."

"그렇군." 나는 감탄해서 말했다.

우리는 샴페인 마개를 뽑고, 파리의 동물원과 그곳 동물들에 대해 잠시 이야기를 나누었다. 확실히 고급 샴페인이었다.

*

그해의 끝에 작은 파티가 있었다. 해마다 12월 31일 밤 롯폰기 근처 가게를 통째로 빌려 여는 파티다. 피아노 트리오가 연주를 하고, 꽤 맛있는 요리와 술이 나온다. 아는 사람이 보이면 가볍게 잡담을 나눈다. 그럴 만한 이유가 있어서(업무와 관련된 것이다) 나는 해마다 그 자리에 얼굴을 내민다. 파티를 그다지 좋아하진 않지만 그 모임은 비교적 부담이 덜했다. 한 해의 마지막날 밤 달리 하고 싶은 일도 없고, 적당히 구석자리에 앉아 혼자 느긋하게 술을 마시며 음악을 들으면 그만이었다. 성가시게 구는 사람도 없고, 누군지도 모를 사람을 억지로 소개받아 채식으로 암을 고치는 방법에 대해 삼십 분씩 연설을 듣는 일도 없었다.

그런데 그날, 누가 한 여자를 소개해주었다. 나는 적당히 이런 저런 얘기를 하다가 늘 그러듯 구석자리로 물러나려 했다. 그런데 그녀는 온더록스 잔을 들고 내 자리까지 따라왔다. "당신을 소개해달라고 내가 먼저 부탁했어." 그녀가 붙임성 있게 말했다.

그녀는 시선을 끌 정도의 미인은 아니지만 굉장히 느낌이 좋은 여자였다. 적당히 돈을 들인 파란색 실크 원피스도 멋지게 어울렸다. 나이는 서른둘쯤일 것이다. 마음만 먹으면 좀더 젊게 보일 수 있을 테지만 그녀는 그럴 필요가 없다고 생각하는 것 같았다. 양손에 반지 세 개를 나눠 끼고 입가에는 아지랑이가 피어오르는 저녁 무렵 같은 의미심장한 미소를 띠고 있었다.

"당신이 내가 아는 사람하고 꼭 닮았거든." 그녀는 말했다. "얼굴 생김새부터 키랑 몸집, 분위기며 말투까지 깜짝 놀랄 만큼 똑같아. 당신이 여기 온 뒤로 계속 관찰하고 있었어."

"그렇게 닮은 사람이 있다면 한번 만나보고 싶군요." 나는 말했다. 달리 무슨 말을 해야 할지 몰라서였다.

"정말?"

"네. 자기랑 꼭 닮은 사람을 만나면 과연 기분이 어떨까요?"

그녀의 미소가 일순 깊어지더니 다시 원래대로 돌아왔다. "하지만 그럴 순 없어." 그녀는 말했다. "그 사람은 오 년 전에 죽었으니까. 마침 지금 당신과 비슷한 나이였어."

"그렇군요." 나는 말했다.

"내가 죽였어."

피아노 트리오가 두번째 무대를 마친 듯 주위에서 짝짝짝 형식적인 박수 소리가 들렸다.

"음악 좋아해?" 그녀가 내게 물었다.

"좋은 세계에서 듣는 좋은 음악이라면." 나는 말했다.

"좋은 세계에는 좋은 음악 따위 없어." 그녀는 중요한 비밀을 털어놓는 듯한 투로 내게 말했다. "좋은 세계의 공기는 진동하지 않거든."

"그렇군요." 나는 말했다. 뭐라 대꾸할 말이 없었다.

"워런 비티가 나이트클럽에서 피아노 치는 영화 봤어?"

"아뇨, 못 봤는데."

"엘리자베스 테일러가 클럽 손님인데, 몹시 가난하고 비참한 역할이야."

"흐음."

"그래서 워런 비티가 엘리자베스 테일러에게 물어. 혹시 신청곡 없느냐고."

"그래서," 나는 물었다. "엘리자베스 테일러는 뭔가 신청했나요?"

"잊어버렸어. 옛날 영화라서." 그녀는 반지를 반짝이며 온더록스를 마셨다. "난 신청곡이라는 거 싫더라. 어쩐지 비참한 기분이 들어. 도서관에서 빌려온 책처럼, 시작하는 순간 벌써 끝날 때를 생각하게 돼."

그녀가 담배를 입에 물어서 나는 성냥으로 불을 붙여주었다.

"그나저나," 그녀는 말했다. "당신과 꼭 닮은 사람 얘기를 하던 중이었지?"

"어떻게 죽였어요?"

"벌통에 내던졌어."

"거짓말이죠?"

"거짓말이야." 그녀는 말했다.

나는 한숨을 내쉬는 대신 온더록스를 마셨다. 얼음이 완전히 녹아버려서 위스키 맛은 거의 나지 않았다.

"물론 법률상 살인이 성립되진 않아." 그녀는 말했다. "게다가 도의적 책임도 없지."

"법률상 살인이 성립되지 않고 도의적 책임도 없다." 내키지는 않았지만 나는 지금까지의 요점을 정리해보았다. "하지만 당신은 사람을 죽였다."

"그렇지." 그녀는 재미있다는 듯 고개를 끄덕였다. "당신과 꼭 닮은 사람을."

저편에서 누군가가 큰 소리로 웃었다. 주위의 몇 사람도 따라 웃었다. 잔 부딪치는 소리가 들렸다. 그 소리는 아주 먼 곳에서, 그러나 소름 끼치도록 선명하게 들려왔다. 이유는 알 수 없지만 가슴이 두근거렸다. 심장이 크게 부풀어올라 위아래로 흔들렸다. 물위에 떠 있는 지면을 걷는 듯한 기분이었다.

"오 초도 안 걸렸어." 그녀는 말했다. "죽이는 데."

잠시 침묵이 이어졌다. 그녀는 그 침묵을 찬찬히 즐기는 것 같았다.

"자유에 대해 생각해본 적 있어?" 그녀가 물었다.

"이따금요." 나는 말했다. "왜 그런 걸 묻죠?"

"데이지꽃 그릴 수 있어?"

"아마도…… 무슨 성격 테스트 같군요."

"비슷해." 그녀는 그렇게 말하고 웃었다.

"그래서, 나는 통과했나요?"

"응." 그녀가 대답했다. "괜찮아, 걱정할 것 없어. 당신은 틀림없이 오래 살 거야. 내 느낌이지만."

"고마워요." 나는 말했다.

밴드가 〈올드 랭 사인〉을 연주하기 시작했다.

"열한시 오십오분." 그녀가 펜던트 끝에 달린 금시계를 흘끔

보고 말했다. “나는 〈올드 랭 사인〉이 정말 좋아. 당신은?”

“나는 〈언덕 위의 집〉이 더 좋은데요, 산양이니 들소 같은 게 나와서.”

그녀는 다시 한번 빙긋이 웃었다. “동물을 좋아하는 모양이네.”

“좋아합니다.” 나는 말했다. 그리고 문득 동물원을 좋아하는 친구와 그의 상복을 떠올렸다.

“당신과 얘기해서 즐거웠어. 안녕.” 그 여자는 말했다.

“안녕.” 나도 말했다.

*

공기를 절약하기 위해 칸델라르를 불어 꺼버리자 주위는 칠흑 같은 어둠에 뒤덮였다. 아무도 입을 열지 않았다. 오 초 간격으로 천장에서 떨어지는 물방울 소리만 어둠 속에 울렸다.

“다들 최대한 숨을 쉬지 마. 남은 공기가 얼마 안 돼.”

나이든 광부가 말했다. 속삭이는 듯한 목소리였지만 그래도 천장 암반에서 희미하게 끼이잉 소리가 났다. 광부들은 어둠 속에서 서로 몸을 맞대고 귀를 쫑긋 세운 채 오로지 한 가지 소리가 들려오기만을 기다렸다. 곡괭이 소리, 생명의 소리.

그들은 벌써 몇 시간째 그렇게 기다리고 있었다. 어둠이 조금씩 현실을 용해해갔다. 모든 것이 한참 옛날, 어딘가 머나먼 세계에서 일어난 일 같았다. 혹은 모든 것이 한참 나중에, 어딘가 머나먼 세계에서 일어날 일인 것도 같았다.

다들 최대한 숨을 쉬지 마. 남은 공기가 얼마 안 돼.

바깥에서는 물론 사람들이 굴을 파내려가는 중이다. 마치 영화의 한 장면처럼.

캥거루 통신

안녕하십니까?

오늘은 노는 날이라, 아침에 근처 동물원으로 캥거루를 보러 다녀왔어요. 그리 큰 동물원은 아니지만 그래도 고릴라에서 코끼리까지 웬만한 동물은 대충 다 있습니다. 하지만 만일 당신이 라마라든가 개미핥기의 팬이라면 이 동물원에는 오지 않는 게 좋겠지요. 여기에는 라마도 개미핥기도 없어요. 임팔라도 하이에나도 없습니다. 표범도 없고요.

대신 캥거루가 네 마리 있습니다.

한 마리는 새끼고 겨우 두 달 전에 태어났어요. 그리고 수컷 한 마리에 암컷 두 마리. 대체 어떤 식으로 구성된 가족인지 나는 전혀 짐작도 가지 않더군요.

캥거루를 볼 때마다 과연 캥거루로 산다는 건 어떤 기분일까 항상 신기하다는 생각이 듭니다. 그들은 무엇 때문에 오스트레일리아 같은 투박한 곳을 저런 묘한 꼴을 하고 이리저리 뛰어다니는 걸까요. 그리고 무엇 때문에 부메랑 같은 엉성한 판자조각에 맞아 간단히 죽어버리는 걸까요.

하지만 뭐, 그런 건 아무래도 상관없습니다. 그리 큰 문제가 아니지요. 적어도 이야기의 본론과는 관계없는 일입니다.

아무튼 캥거루를 바라보는 사이 당신에게 편지를 보내고 싶어졌습니다.

어쩌면 당신은 이상하게 생각할지도 모르겠군요. 어째서 캥거루를 보고 나한테 편지를 보내고 싶어지는 거지, 캥거루와 나 사이에 대체 무슨 관계가 있는데, 하고요. 그런데 그런 건 신경쓰지 말아주세요. 캥거루는 캥거루고 당신은 당신입니다. 캥거루와 당신 사이에 눈길을 끌 만한 명백한 상관관계가 있는 건 아니에요.

말하자면 이런 얘기입니다.

캥거루와 당신 사이에 서른여섯 개의 미묘한 과정이 있고, 그것을 합당한 순서대로 하나하나 따라가다보니 당신에게 가닿았다, 그냥 그뿐이에요. 그 과정을 일일이 설명해봤자 아마 당신은 잘 모를 테고 우선 나부터가 제대로 기억이 나지 않아요. 그럴

만도 하죠, 서른여섯 개나 되잖아요!

그중 하나라도 순서가 어긋났다면 나는 당신에게 이런 편지를 보내지 않았겠지요. 어쩌면 언뜻 충동이 들어 남극해에서 향유고래의 등에 올라탔을지도 모릅니다. 혹은 근처 담뱃가게에 불을 질러버렸을 수도 있고요. 하지만 그 서른여섯 개의 우연한 조합이 이끄는 바에 따라, 나는 이렇게 당신에게 편지를 보냅니다.

신기한 일 아닌가요?

그러면 우선 자기소개부터 하지요.

나는 스물여섯 살이고, 백화점 상품관리과에 근무하고 있습니다. 이건—당신도 쉽게 상상할 수 있겠지만—무지막지하게 따분한 일입니다. 우선 구매과에서 구매를 결정한 상품에 혹시 문제가 없는지 검사합니다. 구매과와 업자 간의 유착을 막기 위한 과정이지만 당신이 이 문맥을 통해 상상하는 만큼 진지한 일은 아닙니다. 옛날에는 어쨌는지 몰라도 요즘 백화점은 손톱깎이에서 모터보트까지 온갖 종류의 상품을 취급하고, 그 상품들은 하루가 다르게 변모하고 있으므로, 죄다 하나하나 꼼꼼하게 점검하다가는 하루가 예순네 시간이라도, 우리 손이 여덟 개라도 도저히 감당할 수 없습니다. 회사 측에서도 우리 과에 그런 기능까지 요구하진 않습니다. 그러니까 이를테면 구두 버클을 슬쩍 당겨보거나 과자를 몇 개 집어먹어보는 정도로 은근슬쩍 넘어갑니다. 이것이 이른바 상품관리입니다.

그러니까 그보다는 대처요법—즉 고객에게서 접수된 불만의 내용을 일일이 점검하는 것이 우리가 맡은 일의 중심인 셈입니다. 우리는 그것을 분석하고 원인을 조사해 메이커에 시정을 요구하든가 구매를 중지하든가 합니다. 이를테면 막 구입한 새 스타킹 두 켤레가 연달아 올이 나갔다든가, 태엽장치 곰인형이 테이블에서 한 번 떨어졌다고 작동이 안 된다든가, 목욕가운을 세탁기에 넣고 돌렸더니 사분의 일로 줄었다든가, 하는 유의 불만입니다.

뭐 당신은 잘 모르시겠지만 이런 불만의 수는 실로 진절머리 날 만큼 엄청납니다. 제가 다루는 것은 상품 자체에 대한 불만뿐이지만 그 외에도 백화점에는 엄청나게 많은 불만 사항이 접수됩니다. 제가 속해 있는 과의 사원은 총 네 명인데, 우리는 아침부터 밤까지 타인의 불만에 쫓기고 있다 해도 좋을 정도입니다. 말 그대로 불만이 굶주린 짐승처럼 우리 뒤를 쫓아오는 겁니다. 불만 중에는 타당하다고 생각되는 것도 있고 정말 말이 안 되는 것도 있습니다. 그리고 둘 중 어느 쪽이라고 하기 어려운 것도 있고요.

우리는 그것들을 편의상 A, B, C의 세 가지 랭크로 분류합니다. 사무실 한가운데 A, B, C라는 커다란 상자 세 개를 두고 거기에 불만 편지를 나눠 넣는 것이지요. 우리는 이 작업을 '이성理性의 3단계 평가'라고 합니다. 물론 직업상 하는 농담이에요. 신경쓰진 마세요.

아무튼 그 세 가지 랭크에 대해 설명하자면 이래요.

(A) 합당한 불만. 우리가 책임져야 하는 경우입니다. 선물용 과자 세트를 챙겨들고 고객의 집을 방문해 응분의 상품으로 교환해드립니다.

(B) 도의적, 관례적, 법률적으로는 우리에게 책임이 없으나 백화점의 이미지 훼손을 막기 위해, 또한 불필요한 트러블을 피하기 위해 그에 상응하는 조치를 취합니다.

(C) 명백히 고객의 책임인 경우이므로, 사정을 설명하고 철회를 요청합니다.

그렇게 며칠 전 당신이 보낸 불만 편지를 신중하게 검토해봤는데, 결국 당신의 불만은 C랭크로 분류되어야 할 성격의 것이라는 결론에 이르렀습니다. 그 이유는—자아, 잘 들어주세요.

① 한번 구입한 레코드를 ② 그것도 일주일이나 지난 뒤에 ③ 영수증도 없이, 교환해드릴 수 없습니다. 이 세상 어디서도 안 됩니다.

제 말 이해하시겠습니까?

그럼, 이것으로 설명을 마치겠습니다.

당신의 시정 요구는 각하되었습니다.

하지만 직업적 관점을 떠나 말씀드리자면—실은 매번 떠나버립니다만—개인적으로는 당신의 불만에 대해—브람스의 교향곡과 말러의 교향곡 레코드를 착각하고 잘못 사버렸다는 불만에 대해—진심으로 딱하게 생각합니다. 거짓말이 아닙니다. 그렇기 때문에 판에 박힌 사무통지가 아니라 이런 식으로, 어찌 보면 친밀감이 담긴 메시지를 당신에게 보내고 있는 겁니다.

솔직히 말씀드리면 최근 일주일 동안 나는 몇 번이나 당신에게 편지를 쓰려고 했습니다. '대단히 죄송합니다만 관례상 레코드는 교환해드릴 수 없습니다, 하지만 보내주신 편지에 뭔가 제 마음을 울리는 것이 있었습니다, 개인적으로는 이러저러해서 저러저러하고……' 이런 편지를요. 하지만 매번 잘 써지지 않았어요. 나는 결코 글을 쓰는 데 서툰 편이 아닙니다. 스스로 말하기는 뭣하지만, 오히려 잘 쓰는 편이라고 생각합니다. 편지를 쓰느라 힘들어본 기억이 별로 없습니다. 그런데 당신에게 편지를 쓰려고만 하면 적절한 말이 떠오르지 않더라고요. 떠오르는 말은 항상 엉뚱한 것뿐이었어요. 글로서는 문제가 없는데 감정이라는 게 느껴지지 않았어요. 나는 다 써서 봉투에 넣어 우표까지 붙인 편지를 몇 통이나 찢어서 버렸습니다.

그래서 당신에게 답장을 하지 않기로 했습니다. 불완전한 편지를 보내느니 아무것도 보내지 않는 편이 나으니까요. 그렇잖아요? 나는 그렇게 생각해요. 완벽하지 않은 메시지 따위 엉터리 시간표와 같다고요. 그런 것은 아예 존재하지 않는 편이 바람직합니다.

하지만 오늘 아침 캥거루 우리 앞에서, 나는 서른여섯 개의 우연한 조합을 거쳐 한 가지 계시를 얻었습니다. 즉 위대한 불완전함, 이라는 것을요.

위대한 불완전함이 무엇이냐고 당신은 궁금해할지도 모르겠군요—당연히 궁금하겠죠. 위대한 불완전함이란, 간단히 말하면 누군가가 누군가를 결과적으로 용납한다는 것인지도 모르겠습니다. 내가 캥거루를 용납하고 캥거루가 당신을 용납하고 당신이 나를 용납한다—예를 들자면 그런 얘기입니다.

하지만 이런 사이클은 물론 항구적이지 않아서, 어느 순간 캥거루가 이제 더는 당신을 용납하고 싶지 않다고 생각할 수도 있습니다. 하지만 그렇다고 캥거루에게 화를 내지는 말아주세요. 그건 캥거루 탓도 당신 탓도 아니니까요. 혹은 내 탓도 아닙니다. 캥거루에게도 나름대로 매우 복잡한 사정이 있는 거예요. 대체 어느 누가 캥거루를 비난할 수 있겠습니까?

순간을 포착하는 것, 우리가 할 수 있는 건 그뿐입니다. 순간을 포착해 기념사진을 찍어두는 것이죠. 앞줄 왼쪽부터 당신, 캥거루, 나, 이런 식으로요.

글을 쓰는 건 이제 포기했습니다. 간단한 사무통지 글이라도 안 됩니다. 글자 자체를 더는 신용할 수 없거든요. 이를테면 내가 '우연'이라는 글자를 쓴다고 합시다. 그런데 당신이 이 '우연'이라는 글자를 보고 느끼는 것은 내가 똑같은 글자를 보고 느끼는 것과 전혀 다를지도—어쩌면 정반대일지도—모릅니다. 이건 대단히 불공평하다는 게 내 생각입니다. 나는 팬티까지 벗었는데 당신은 블라우스 단추 세 개밖에 풀지 않았다, 아무리 생각해도 불공평한 일 아닙니까? 저는 불공평함을 좋아하지 않습니다. 물론 세계란 불공평한 것이죠. 그러나 적어도 일부러 나서서 적극적으로 그런 것에 가담하고 싶지는 않습니다. 그것이 나의 기본적인 자세입니다.

그래서 나는 카세트테이프에다 당신에게 보내는 메시지를 직접 녹음하기로 했습니다.

(휘파람—〈보기 대령 행진곡〉 여덟 소절)

어때요, 들리십니까?

이 편지—카세트테이프—를 받아들면 당신이 어떤 기분일지, 나는 모르겠습니다. 솔직히 말하면 상상도 할 수 없어요. 어쩌면 몹시 불쾌할 수도 있겠죠. 왜냐하면 백화점 상품관리 담당자가 고객의 불만 편지에 카세트테이프로 녹음한 답장을—그것도 개인적인 메시지를—보낸다는 건 누가 봐도 지극히 이례적이고, 생각하기에 따라서는 실로 어처구니없다고도 할 수 있기 때문이지요. 그리고 만일 당신이 불쾌한 마음에, 혹은 화가 난 나머지 이 테이프를 내 상사 앞으로 반송한다면 회사에서의 내 입장은 매우 미묘해질 겁니다.

만일 그러고 싶다면 그렇게 하세요. 그래도 나는 화를 내거나 당신을 원망하지 않겠습니다.

어때요, 우리 입장은 100퍼센트 대등합니다. 즉 나는 당신에게 편지를 보낼 권리가 있고, 당신은 내 생활을 위협할 권리가 있어요. 그렇잖아요. 어때요, 공평하죠? 그래요, 나는 나름대로 책임을 느끼고 있습니다. 절대 장난삼아 이런 일을 하고 있는 것은 아닙니다.

아참, 깜빡한 게 있군요. 나는 이 편지에 '캥거루 통신'이라는 이름을 붙였습니다.

무엇에나 이름은 필요하니까요.

예를 들어 당신이 만일 일기를 쓴다면 "오늘 백화점 상품관리 담당자에게서 불만 편지의 답장(카세트테이프에 녹음된 것)이 왔다"라고 장황하게 쓰는 대신, "오늘 '캥거루 통신'이 왔다"라고만 하면 되겠지요. 어때요, 간단하고 좋죠? 게다가 '캥거루 통신'이라니 꽤나 멋진 이름 아닙니까? 너른 초원 저 너머에서 캥거루가 배 주머니에 우편물을 한가득 담고 깡충깡충 뛰어오는 것 같잖아요.

똑 · 똑 · 똑. (책상 두드리는 소리)

이건 노크입니다. 노크 · 노크 · 노크…… 아시겠죠? 제가 당신 집의 문을 두드리고 있습니다.

만일 당신이 문을 열고 싶지 않다면 열지 않아도 괜찮습니다. 거짓말이 아닙니다. 정말 어떻게 하든 괜찮아요. 더 듣고 싶지 않다면 여기서 테이프를 멈추고 쓰레기통에 던져주십시오. 나는 단지 당신 집 현관 앞에 앉아 잠시 혼자서 주절거리고 싶을 뿐입니다. 당신이 내 말을 듣는지 마는지 나는 전혀 알지 못하고, 알지 못한다면 실제로 당신이 듣건 듣지 않건 상관없지 않겠어요. 하하하. 이것도 사태가 공평하다는 증거입니다. 나한테는 얘기할 권리가 있고, 당신한테는 듣지 않을 권리가 있습니다.

좋아요. 아무튼 다시 시작하죠. 노크는 이미 했고, 당신이 거기에 응답할 의무가 없다는 것도 확인했습니다.

하지만 불완전함이란 것도 상당히 힘듭니다. 원고도 없고 계획도 없이 마이크에 대고 말하는 게 이토록 힘들 줄은 생각도 못했어요. 마치 사막 한가운데 서서 컵으로 물을 뿌리는 느낌입니다. 아무것도 보이지 않고 아무 반응도 없어요.

그래서 나는 지금 VU미터 바늘에 대고 말하고 있습니다. VU미터 아시죠? 음량에 맞춰 움찔움찔 바늘이 흔들리는 그거 말이에요. V와 U가 무엇의 머리글자인지는 모르겠습니다. 어쨌거나 그들은 내 연설에 반응을 보이는 유일한 존재예요.

V와 U는 실로 엄격한 2인조입니다. V 아니면 U, U 아니면 V, 그것뿐이죠. 멋진 세계예요. 내가 무슨 생각을 하건, 무슨 소리를 주절거리건 그들에게는 아무 상관 없습니다. 그들이 관심을 갖는 건 내 목소리가 얼마나 강하게 공기를 진동시키는가 하는 것뿐입니다. 그들에게는 공기가 진동하기 때문에 비로소 내가 존재하는 거예요.

멋있지 않습니까?

그들을 보고 있으면 뭐든 좋으니 아무튼 계속 주절거리자는 생각이 들어요. 뭐든 좋아요. 불완전하든 어떻든 그들은 신경쓰지 않습니다. 그들이 원하는 것은 오직 공기의 떨림입니다. 의미가 아닙니다. 그냥 공기의 떨림이에요. 그것이 그들의 양식이죠.

후유.

그러고 보니 지난번에 무척 딱한 영화를 봤습니다. 아무리 농담을 던져도 누구도 웃어주지 않는 코미디언 이야기예요. 아시겠어요? 누구 하나 웃지 않는다고요.

지금 이렇게 마이크에 대고 주절거리고 있으려니 자꾸 그 영화가 떠오르는군요.

참 신기한 일이죠.

똑같은 대사라도 어떤 사람이 하면 웃겨 죽겠는데 다른 사람이 하면 전혀 웃기지 않아요. 신기하지 않나요? 그래서 생각해봤는데, 그 차이라는 건 아무래도 타고나는 게 아닌가 싶더군요. 왜 있잖아요, 세반고리관 끝이 남들보다 약간 더 구부러졌다든가 하는 식으로. 만일 내게 그런 능력이 있다면 얼마나 행복할까 이따금 생각합니다. 나는 항상 웃긴 생각을 해내고 혼자 배를 잡고 웃는데 막상 입 밖에 내어 누군가에게 들려주면 전혀, 조금도 재미있지가 않아요. 마치 이집트의 모래 사내가 된 듯한 기분이죠. 게다가 무엇보다……

이집트의 모래 사내라고, 알아요?

흠, 그러니까, 이집트의 모래 사내는 원래 이집트 왕자로 태어났어요. 아주 오랜 옛날, 피라미드니 스핑크스니 하던 시대의 얘기입니다. 그런데 얼굴이 아주 못생겨서—정말로 엄청 못생겼어요—왕에게 미움을 받아 깊은 정글 속에 버려져요. 그래서 어떻게 되었는가, 결국 늑대인지 원숭이인지가 키워줘서 살아남아요. 흔한 얘기죠. 그리고 무슨 영문인지 모래 사내가 되어버려요. 모래 사내는 말이죠, 손에 닿는 것을 모조리 모래로 바꿔버립니다. 산들바람은 모래먼지가 되고, 시냇물은 모래가 되어 흐르고, 초원은 사막이 돼요. 이게 모래 사내 이야기죠. 들어본 적 있어요? 없죠? 실은 내가 멋대로 지어낸 얘기거든요. 하하하.

아무튼 당신을 향해 이렇게 주절거리고 있자니 이집트의 모래 사내가 된 것 같아요. 내 손에 닿는 모든 것이 모래, 모래, 모래, 모래, 모래, 모래……

아무래도 나에 대해 너무 많이 말하는 것 같군요. 그런데 생각해보면 어쩔 수 없는 일이에요. 왜냐하면 난 당신에 대해 아무것도 모르니까요. 내가 당신에 대해 아는 것이라고는 주소와 이름, 그뿐입니다. 몇 살인지, 연수입은 얼마인지, 코가 어떻게 생겼는지, 뚱뚱한지 말랐는지, 결혼은 했는지 어쨌는지, 나는 전혀 몰라요. 하지만 그건 그리 중요하지 않습니다. 오히려 더 좋기도 하죠. 나는 가능하면 단순하게, 최대한 단순하게, 이른바 형이상학적으로 일을 처리하고 싶으니까요.

즉, 여기 당신의 편지가 있습니다.

나는 그걸로 충분합니다.

유쾌하지 않은 예를 들어 죄송하지만, 동물학자가 정글에서 채집한 똥을 바탕으로 코끼리의 식생활이며 행동양식이며 몸무게며 성생활을 추정하듯이, 나는 한 통의 편지를 바탕으로 당신이라는 사람의 존재를 실감할 수 있습니다. 물론 외모라든가 향수 종류 같은 시답잖은 건 빼고. 존재—그 자체를 말이죠.

당신의 편지는 실로 매력적이었어요. 문장, 필체, 쉼표와 마침표, 행갈이, 수사법, 모든 게 완벽해요. 뛰어나다는 게 아닙니다. 그저 완벽한 거예요. 고칠 게 없었어요. 매달 오백 통이 넘는 불만 편지와 보고서를 읽지만 솔직히 당신의 편지만큼 감동적인 편지는 처음이었습니다. 나는 당신의 편지를 몰래 집에 가져와 몇 번이고 다시 읽어봤습니다. 그리고 당신의 편지를 철저하게 분석했어요. 길이가 짧아서 그리 힘들지는 않았습니다. 분석 결과 여러 가지 사실을 알아냈습니다. 우선 쉼표가 압도적으로 많았어요. 마침표 하나에 쉼표 6.36개, 많지 않습니까? 아니, 그것뿐만이 아닙니다. 쉼표를 찍는 방식에 정말이지 아무 원칙도 없어요.

아, 이런 말을 한다고 내가 당신의 글을 비웃는다고 생각하지는 말아주세요. 나는 그저 단순히 감동하고 있는 겁니다.

그렇습니다. 감동 말이에요.

쉼표와 마침표만이 아닙니다. 당신 편지의 모든 부분이—잉크 얼룩 하나에 이르기까지—나를 도발하고 뒤흔들어요.

어째서인가?

따져보면 그 글 속에 당신이 없기 때문입니다. 물론 스토리는 있어요. 한 여자아이가—혹은 성인 여자가—깜빡 착각하고 엉뚱한 레코드를 사버렸다. 수록곡이 좀 다르다고는 느꼈지만 아예 다른 레코드라는 것을 그녀가 깨닫기까지는 정확히 일주일이 걸렸다. 매장 여직원은 교환해주지 않았다. 그래서 불만 편지를 써 보냈다. 이게 스토리입니다.

나는 그 스토리를 이해하기까지 당신의 편지를 세 번이나 읽어야 했습니다. 왜냐하면 당신의 편지는 우리 앞으로 온 다른 어떤 불만 편지와도 달랐기 때문입니다. 불만 편지에는 불만 편지만의 말투가 있어요. 고압적이기도 하고, 어떤 때는 비굴하기도 하며, 어떤 때는 논리정연하기도 합니다. 그러나 톤이 어찌되었든 거기서는 불만을 토로하는 인간의 존재라는 핵을 감지할 수 있습니다. 핵이 있고, 그 핵을 축으로 삼아 다양한 종류의 불만이 형성되는 거예요. 거짓말이 아닙니다. 나는 온갖 종류의 불만 편지를 읽어요. 말하자면 불평불만의 권위자입니다. 그러나 당신의 불만은, 내 눈으로 봐서는 불만이라고 할 수조차 없습니다. 왜냐하면 불만을 제출한 당신 자신과 당신이 제출한 불만 사이에 연관성이라 할 만한 것을 거의 찾을 수 없기 때문입니다. 그것은 마치 혈관이 달려 있지 않은 심장이나 마찬가지입니다. 체인 없는 자전거나 마찬가지예요.

솔직히 나는 고민을 좀 했습니다. 당신 편지의 목적이 과연 불만 시정 요구인지 고백인지 선언인지, 아니면 어떤 종류의 테제 확립인지 전혀 알 수 없었기 때문이에요. 당신의 편지는 내게 대량학살 현장 사진을 떠올리게 했습니다. 코멘트도 없고 기사도 없고 그냥 사진뿐이에요. 어디 모르는 나라의 모르는 길가에 사체가 나뒹구는 사진이죠.

당신이 대체 무엇을 원하는지, 나는 그것조차 알 수 없었어요. 당신의 편지는 임시방편으로 지은 개미집처럼 복잡하게 엉켜 있고, 그러면서 단서가 될 만한 것은 하나도 주지 않았습니다. 참 대단하죠.

탕탕탕탕…… 대량학살입니다.

그래요, 얘기를 좀더 단순화해봅시다. 지극히 단순하게요.

즉 당신의 편지는 나를 성적으로 고양시킵니다.

네, 성적으로 말이에요.

섹스에 대해 이야기하고 싶군요.

똑 · 똑 · 똑.

노크입니다.

관심이 없으면 테이프를 멈추세요. 십 초간 침묵하겠습니다. 그뒤 나는 VU미터에 대고 혼자 주절거리겠습니다. 그러니까 만일 듣고 싶지 않다면 그 십 초 사이에 카세트를 끄고 테이프를 버리든지 백화점으로 반송하든지 하세요. 자, 지금부터 침묵합니다.

(십 초간 침묵)

시작하겠습니다.

앞다리는 짧고 발가락이 다섯 개인 반면 뒷다리는 현저하게 길고 크며 발가락이 넷이고, 넷째 발가락만 강대하게 발달했으며 둘째 셋째 발가락은 아주 작고 서로 붙어 있다.

……이건 캥거루의 다리에 대한 묘사예요. 하하하.

그러면 섹스에 대해.

나는 당신의 편지를 집에 가져온 뒤로 내내 당신과 자는 생각만 합니다. 침대에 들면 옆에 당신이 있고 아침에 눈을 뜨면 역시 옆에 당신이 있습니다. 내가 눈을 떴을 때 이미 당신은 일어나 있고 원피스 지퍼를 올리는 소리가 들리기도 합니다. 하지만 나는—그거 아나요? 상품관리과 인간으로서 한마디하자면, 원피스 지퍼만큼 잘 망가지는 것도 없어요—눈을 감은 채 가만히 자는 척합니다. 당신을 볼 수는 없거든요. 그러면 당신은 방을 가로질러 세면실로 사라집니다. 그제야 나는 눈을 뜹니다. 그리고 식사를 하고는 회사에 갑니다.

밤에는 어두워서—아주 깜깜해지도록 창문에 특별한 블라인드를 달았습니다—당연히 당신의 얼굴이 보이지 않습니다. 나이도 몸무게도 아무것도 모릅니다. 그래서 몸에 손을 댈 수도 없습니다.

하지만 뭐, 괜찮아요.

사실을 말하자면 나는 당신과 섹스를 하건 안 하건 어느 쪽이든 괜찮아요.

……아니, 그건 아닌데.

잠깐 생각할 시간을 좀 주세요.

오케이, 이런 얘기입니다. 나는 당신과 자고 싶다. 하지만 자지 않아도 괜찮다. 즉 아까도 말했듯이 나는 가능한 한 공평한 입장에 서고 싶어요. 내가 남에게 뭔가를 강요하거나 남이 내게 뭔가를 강요하는 건 싫어요. 당신의 존재를 곁에서 느낀다든가 당신의 쉼표와 마침표가 내 주위를 빙글빙글 뛰어다닌다든가, 그것만으로 이미 나는 충분합니다.

이해가 되셨는지요?

말하자면 이렇습니다.

나는 때때로, 개에 대해—개체의 '개個'를 말하는 겁니다—생각하는 게 무척 힘듭니다. 생각하기 시작하면 몸이 조각조각 흩어지는 기분이에요.

……이를테면 전철을 탄다고 합시다. 전철 안에는 몇십 명이나 되는 사람들이 타고 있어요. 원칙적으로 생각하면 이건 그냥 '승객'입니다. 아오야마 1초메에서부터 아카사카미쓰케까지 실려가는 '승객'이요. 그런데 말이죠, 이따금 그런 승객 한 사람 한 사람의 존재가 몹시 신경쓰일 때가 있어요. 이 사람은 대체 뭘까, 저 사람은 대체 뭘까, 왜 긴자 선 전철을 타고 있을까, 하고요. 그러면 끝장이죠. 일단 신경쓰이기 시작하면 멈출 수가 없어요. 저 샐러리맨은 곧 이마 양옆부터 벗어지겠구나, 저 여자애는 종아리 털이 좀 지나치게 많구나, 일주일에 한 번은 밀어주려나, 맞은편에 앉은 젊은 남자는 어쩌자고 저렇게도 색깔이 맞

지 않는 넥타이를 매고 있을까, 뭐 이런 식입니다. 그리고 급기야 몸이 덜덜 떨려서 전철에서 뛰어내리고 싶어져요. 지난번에도—당신은 분명 웃겠지만—하마터면 문 옆의 비상정지 버튼을 눌러버릴 뻔했습니다.

하지만 이런 얘기를 한다고 해서 나를 예민한 인간이라든가 신경질적인 인간이라고 생각하지는 말아주세요. 나는 예민한 편도 아니고 신경질적이지도 않습니다. 극히 보통의, 어디서나 흔히 볼 수 있는 평범한 샐러리맨입니다. 백화점 상품관리과에 근무하며 고객의 불만을 처리합니다.

성적으로 문제가 있는 것도 아닙니다. 나 이외의 인간이 되어본 적이 없어서 단언할 수는 없지만, 그런 점에서는 지나칠 정도로 정상적인 편이 아닐까 합니다. 애인 비슷한 여자도 한 명 있어서 일 년 전쯤부터 일주일에 두 번은 잠자리를 하고, 그녀도 나도 그런 관계에 꽤 만족하고 있죠. 다만 나는 그녀에 대해 별로 깊이 생각하지 않으려고 노력합니다. 결혼할 마음도 없습니다. 만일 결혼을 해버리면 분명 나는 그녀라는 인간의 세부에 대해 깊게 생각하게 될 테고, 그런 뒤에도 관계를 잘 이어나갈 자신이 전혀 없거든요. 그렇잖아요, 함께 사는 여자의 치열이나 손톱 모양에 일일이 신경써가면서 어떻게 버틸 수 있겠습니까.

조금만 더 나에 대해 얘기하고 싶군요.

이번에는 노크 없이 갑니다.

여기까지 들었다면 내친김에 마지막까지 들어주세요.

잠깐만요, 담배 좀 피우겠습니다.

(부스럭부스럭)

나는 지금까지 나 자신에 대해 이렇게 많은 것을, 이렇게 솔직하게 얘기한 적이 없어요. 이번이 처음입니다. 그도 그럴 게 굳이 남에게 얘기할 만한 것도 못 되고, 만일 얘기한다 해도 아마 관심 갖는 사람이 없을 테니까요.

그러면 왜 당신을 향해 이런 얘기를 하는가?

아까도 말했듯이 나는 지금 위대한 불완전함을 지향하고 있기 때문이에요.

그 위대한 불완전함을 촉발한 것은 무엇인가?

당신의 편지와 캥거루 네 마리예요.

캥거루.

캥거루는 무척 매력적인 동물이라 몇 시간을 바라봐도 싫증나지 않습니다. 그런 의미에서 캥거루는 당신의 편지와 무척 닮았습니다. 캥거루는 대체 무슨 생각을 하고 있을까요? 그들은 의미도 없이 하루종일 울타리 안을 뛰어다니고 이따금 땅바닥에 구멍을 파요. 구멍을 파서 뭘 하는가 하면, 아무것도 하지 않습니다. 그냥 구멍을 팔 뿐이죠. 하하하.

캥거루는 한 번에 한 마리밖에 새끼를 낳지 않습니다. 그래서 암컷 캥거루는 새끼 한 마리를 낳으면 금세 또 임신하죠. 그러지 않으면 캥거루의 개체수를 유지할 수 없어요. 즉 암컷 캥거루는 일생의 대부분을 임신과 육아에 쓰는 겁니다. 임신 아니면 육아, 육아 아니면 임신. 그러니 캥거루는 캥거루를 존속시키기 위해 존재한다고도 할 수 있습니다. 캥거루라는 존재 없이 캥거루는 존속하지 못하고, 캥거루의 존속이라는 목적이 없으면 캥거루 자체도 존재하지 않는 거예요.

이상한 일이죠.

얘기가 오락가락해서 미안합니다.

나 자신에 대해 조금만 더 얘기하지요.

사실 나는 나 자신으로 사는 것이 몹시 불만이에요. 외모라든가 재능이라든가 지위라든가 그런 얘기가 아닙니다. 그냥 단순히 내가 나 자신인 것이요. 매우 불공평하다고 느끼고 있죠.

하지만 그렇다고 나를 불평불만 많은 사람이라고 생각하지는 말아주세요. 나는 직장이나 월수입 등에 대해 한 번도 불만을 토로해본 적이 없어요. 하는 일은 분명 따분하지만 일이란 게 원래 대부분 따분한 법이죠. 돈 따위는 그리 큰 문제가 아니고요.

분명히 말하겠습니다.

나는 동시에 두 군데의 장소에 있기를 원합니다. 그게 내 유일한 희망이에요. 그것 말고는 아무것도 바라지 않습니다.

하지만 내가 나 자신이라는 개체성이 그런 내 희망을 방해하고 있어요. 몹시 불쾌한 사실 아닙니까? 불합리한 압박 같지 않습니까? 나의 이런 희망은 굳이 따지자면 소박한 편이라고 생각합니다. 세계를 지배하겠다는 것도 아니고 천재 예술가가 되겠다는 것도 아니에요. 하늘을 날겠다는 것도 아니죠. 동시에 두 군데의 장소에 존재하기를 원하는 것뿐입니다. 아시겠어요? 세 군데도 네 군데도 아니고 단 두 군데입니다. 나는 콘서트홀에서 오케스트라를 들으면서 롤러스케이트를 타고 싶은 겁니다. 백화점 상품관리 담당자이면서 맥도날드의 쿼터파운드 햄버거이고도 싶고요. 나는 애인과 자면서 당신과도 자고 싶습니다. 나는 개체이면서 원칙이고도 싶습니다.

담배 한 대 더 피우겠습니다.

후유.

솔직히 좀 피곤하군요. 이런 식으로 얘기하는 게—나 자신에 대해 솔직히 얘기하는 게—통 익숙지 않아서요.

한 가지 확실히 해두겠는데요, 나는 당신이라는 여자에게 성적인 욕망을 품고 있는 게 아닙니다. 아까도 말했듯이 나는 내가 나 자신일 뿐이라는 사실에 몹시 화가 나는 거예요. 하나의 개체로 존재한다는 것, 이건 지독히 불쾌한 사실입니다. 나는 홀수를 참을 수가 없어요. 그래서 개인인 당신과 자고 싶다고는 생각하지 않는 겁니다.

만일 당신이 둘로 나눠지고, 나도 둘로 나눠지고, 그래서 그 네 명이 잠자리를 같이할 수 있다면 얼마나 멋질까요. 안 그렇습니까? 그렇게 되면 우리는 아주 솔직하게 많은 얘기를 나눌 수 있을 텐데 말이에요.

부디 답장은 하지 마세요. 내게 편지하고 싶다면 회사로 불만 편지를 보내주세요. 만일 불만이 없다면 뭔가 생각해주세요.

그럼.

(스위치 소리)

여기까지 녹음한 내용을 방금 되감기해서 들어봤습니다. 솔직히 말해, 몹시 만족스럽지 못해요. 깜빡 착각하고 강치를 죽게 만든 수족관 사육사 같은 기분입니다. 그래서 이 테이프를 당신에게 보낼지 말지 나도 굉장히 고민했습니다.

보내기로 결정한 지금도 여전히 고민하고 있어요.

하지만 어쨌든 나는 불완전함을 지향했어요. 아니, 완전해야 할 필요성을 방기한 것이죠. 내가 이런 마음을 먹는 일은 앞으로 두 번 다시 없을지 모릅니다. 그러니 이번에는 흔쾌히 거기에 따르죠. 그 불완전함을 당신과 캥거루 네 마리와 함께 나누기로 하죠.

그럼.

(스위치 소리)

오후의 마지막 잔디

내가 잔디를 깎았던 게 열여덟인가 열아홉 살 때쯤이니까 벌써 십사오 년 전인 셈이다. 상당히 옛날이다.

이따금 십사오 년 전이면 옛날이라고 할 정도는 아니라는 생각이 들기도 한다. 짐 모리슨이 〈라이트 마이 파이어〉를 노래하고 폴 매카트니가 〈롱 앤드 와인딩 로드〉를 노래하던 시절—앞뒤가 좀 바뀐 것도 같은데 뭐 대략 그 시절이다—이 그토록 옛날이라니 나로서는 도무지 실감이 나지 않는다. 나부터가 그 시절과 비교해 별로 변하지 않은 것 같기도 하다.

아니, 그렇진 않지. 나는 분명 많이 변했을 것이다. 그렇게 생각하지 않고서는 제대로 설명할 수 없는 일이 너무도 많다.

오케이, 나는 변했다. 그리고 십사오 년 전이라는 건 상당히 옛날이다.

집 근처에—얼마 전 이사 온 곳이다—공립중학교가 있어서 나는 장을 보러 가거나 산책을 할 때마다 그 앞을 지난다. 그리고 걸으면서 중학생들이 체조하거나 그림을 그리거나 장난치는 광경을 멍하니 바라본다. 딱히 좋아서 보는 건 아니고 별달리 볼 것이 없어서다. 오른편의 벚나무 가로수를 바라봐도 괜찮겠으나 그보다는 중학생을 바라보는 게 그나마 낫다.

아무튼 그런 식으로 날마다 중학생을 바라보다가 어느 날 문득 깨달았다. 그들은 열네 살이거나 열다섯 살이다. 이것은 나에게 꽤 큰 발견이자 꽤 큰 놀라움이었다. 십사오 년 전 그들은 아직 태어나지 않았거나 태어났다고 해도 거의 의식이 없는 핑크빛 살덩어리였다. 그러던 것이 이제는 벌써 립스틱을 바르고 체육관 창고 구석에 숨어 담배를 피우고 마스터베이션을 하고 디스크자키에게 시답잖은 엽서를 보내고 어느 집 담벼락에 빨간 스프레이 페인트로 낙서를 하고 『전쟁과 평화』를—아마도—읽는 것이다.

맙소사. 나는 생각했다.

십사오 년 전이면, 내가 잔디 깎던 무렵이잖아?

*

기억이라는 건 소설과 비슷하다. 혹은 소설이라는 건 기억과 비슷하다.

나는 소설을 쓰기 시작한 뒤로 그것을 절감하게 되었다. 기억이라는 건 소설과 비슷하다, 혹은 소설이라는 건 어쩌고저쩌고.

아무리 말끔하게 가다듬으려고 애써도 문맥이 이리 갔다 저리 갔다 하다 결국에는 문맥 같지도 않은 것으로 바뀐다. 마치 축 늘어진 새끼고양이 몇 마리를 쌓아올린 것 같다. 미적지근하고, 게다가 불안정하다. 그런 걸 상품이랍시고 내놓다니—상품 말이다—나는 때때로 엄청나게 창피해진다. 정말로 얼굴이 붉어지는 때도 있다. 내가 얼굴을 붉히면 온 세상이 얼굴을 붉힌다.

하지만 인간의 존재를 비교적 순수한 동기에 근거한 상당히 어리석은 행위로 파악한다면, 무엇이 올바르고 무엇이 올바르지 않으냐 하는 건 별로 중요한 문제가 아니다. 그리고 거기서 기억이 태어나고 소설이 태어난다. 이건 어느 누구도 멈출 수 없는 영구운동 기계와도 같다. 그것은 온 세상을 덜컹덜컹 돌아다니면서 땅바닥에 끝없는 선 하나를 긋는다.

잘되면 좋겠네요, 라고 그는 말한다. 하지만 잘될 리가 없다. 잘되었던 적도 없다.

하지만 그렇다고 달리 어쩌면 좋단 말인가?

그래서 나는 다시 새끼고양이를 모아 쌓아올린다. 새끼고양이들은 축 늘어졌고 아주 말랑말랑하다. 잠에서 깨어나 자신들이 캠프파이어 장작처럼 차곡차곡 쌓여 있는 것을 알았을 때, 새끼고양이들은 무슨 생각을 할까? 어라, 어째 이상하네, 라는 정도로 넘어갈지도 모른다. 만일 그렇다면—그 정도라면—나도 조금은 마음이 놓일 것이다.

그렇다는 얘기다.

*

내가 잔디를 깎았던 게 열여덟인가 열아홉 살 때쯤이니까 벌써 상당히 옛날 일이다. 그 무렵 내게는 동갑내기 애인이 있었지만 그녀는 사정이 좀 있어서 아주 먼 도시에 살고 있었다. 우리가 만날 수 있는 날은 일 년에 모두 합해 고작 이 주 정도였다. 우리는 그동안 섹스를 하거나 영화를 보거나 제법 호사스러운 식사를 하거나 줄줄이 두서없는 이야기를 하거나 했다. 그리고 마지막에는 반드시 요란하게 싸우고 화해하고 다시 섹스를 했다. 요컨대 다른 평범한 애인들이 하는 짓을 압축판 영화 같은 느낌으로 급하게 해치운 것이다.

내가 그녀를 정말로 좋아했는지, 이제 잘 모르겠다. 기억은 나는데 모르겠다. 나는 그녀와 식사하는 것을 좋아했고 하나씩하나씩 옷 벗는 그녀를 보는 것을 좋아했고 그녀의 부드러운 몸속에 들어가는 것도 좋아했다. 섹스 뒤에 내 가슴에 얼굴을 대고 재잘거리거나 잠드는 그녀를 바라보는 것도 좋아했다. 하지만 내가 알 수 있는 건 그뿐이었다. 그다음에 어떻게 되었는지는 잘 생각나지 않았다.

그녀와 만나는 몇 주간을 빼면 내 인생은 지독히 단조로웠다. 어영부영 학교에 가서 강의를 듣고 그럭저럭 남들 비슷하게 학점을 땄다. 그리고 혼자 영화를 보거나 이유도 없이 거리를 돌아다녔다. 친한 여자가 한 명 있었다. 그녀에게도 애인이 있었지만 우리는 곧잘 둘이서 어딘가에 가서 많은 얘기를 나누었다. 혼자 있을 때는 내내 로큰롤 레코드를 들었다. 행복한 것 같기도 하고 행복하지 못한 것 같기도 했다. 하지만 그 시절이란 다 그런 법이다.

어느 여름날 아침, 7월 초, 애인에게서 긴 편지가 도착했고 거기에 나와 헤어지고 싶다고 적혀 있었다. 너를 항상 좋아했고 지금도 좋아하고 앞으로도…… 어쩌고저쩌고. 요컨대 헤어지고 싶다는 얘기였다. 새 남자친구가 생긴 것이다. 나는 고개를 내저은 뒤 담배를 여섯 개비 피우고, 밖에 나가 캔맥주를 마시고, 방에 돌아와 다시 담배를 피웠다. 그러고는 책상 위에 있는 기다란 HB연필 세 자루를 분질렀다. 딱히 화가 났던 것은 아니다. 무엇을 해야 좋을지 잘 몰랐을 뿐이다. 그러고선 옷을 갈아입고 일하러 나갔다. 그뒤 한동안 나는 주위 사람들에게서 "요즘 아주 명랑해졌네"라는 말을 들었다. 인생이란 참 알 수 없다.

나는 그해 잔디를 깎는 아르바이트를 했다. 잔디깎기 회사는 오다큐 선 교도 역 근처에 있었는데 장사가 꽤 잘됐다. 사람들은 대부분 집을 지으면 정원에 잔디를 심는다. 혹은 개를 기른다. 조건반사 같은 것이다. 한 번에 둘 다 택하는 사람도 있다. 그건 그것대로 나쁘지 않다. 잔디의 초록빛은 아름답고 개는 귀엽다. 하지만 반년쯤 지나면 다들 슬슬 지겨워지기 시작한다. 잔디는 꾸준히 깎아줘야 하고 개는 꾸준히 산책을 시켜줘야 한다. 이게 영 힘들다.

뭐 어쨌든 우리는 그런 사람들을 위해 잔디를 깎았다. 나는 그 전해 여름, 대학교 학생과에서 이 일을 찾았다. 나 외에도 몇 명이 함께 들어갔지만 다들 금세 그만두고 나만 남았다. 일이 힘들어도 보수는 나쁘지 않았다. 게다가 남들과 말을 나눌 필요가 별로 없다. 내게 딱이었다. 나는 거기서 일하며 상당한 목돈을 만들었다. 여름에 애인과 어딘가로 여행을 갈 때 자금으로 쓸 작정이었다. 하지만 그녀와 헤어져버린 지금은 여행이고 뭐고 없었다. 이별 편지를 받고 일주일쯤 나는 그 돈을 어디에 쓸지 이리저리 생각했다. 아니, 그렇다기보다는 그것 말고 딱히 생각해야 할 일이 없었다. 뭐가 뭔지 알 수 없는 일주일이었다. 내 몸이 남의 몸처럼 보였다. 내 손과 얼굴과 페니스, 그런 모든 것이 내 것처럼 보이지가 않았다. 나는 내가 아닌 다른 인간이 그녀를 안고 있는 장면을 상상해보았다. 누군가가—내가 알지 못하는 누군가가—그녀의 조그만 젖꼭지를 살짝 깨물고 있는 것이다. 뭔가 엄청 이상한 기분이었다. 마치 내가 없어져버린 것 같았다.

돈을 어디에 쓸지는 결국 생각해내지 못했다. 누군가는 중고차—스바루 1000시시—를 사지 않겠느냐고 물었다. 주행거리가 꽤 됐지만 물건은 나쁘지 않고 가격도 적당했다. 그러나 왠지 내키지 않았다. 스테레오 스피커를 큰 것으로 바꿀까도 생각해봤지만 지금 사는 작은 목조 연립주택에 들이기는 무리였다. 좀 더 좋은 집으로 이사해도 괜찮았지만 그럴 이유가 없었다. 이사하면 새 스피커를 살 만한 돈이 남지 않는 것이다.

돈을 쓸 데가 없었다. 여름 폴로셔츠 한 장과 레코드 몇 장을 샀을 뿐, 나머지는 고스란히 남았다. 아, 성능 좋은 소니 트랜지스터라디오도 하나 샀다. 큼직한 스피커가 딸렸고 FM 방송이 무척 깨끗하게 나왔다.

그 일주일이 지난 뒤, 나는 한 가지 사실을 깨달았다. 즉 돈을 쓸 데가 없다면 돈을 버는 의미도 없다는 것이다.

어느 날 아침 나는 잔디깎기 회사 사장에게 일을 그만두고 싶은데요, 라고 말했다. 이제 슬슬 시험공부도 시작해야 하고 그전에 여행이나 다녀오려고요. 아무리 그래도 더이상 돈이 필요 없다고 말할 수는 없다.

"그래? 이것참 아쉽네." 사장(이라기보다 정원수 장인 느낌을 풍기는 아저씨였다)은 진심으로 아쉬운 듯이 그렇게 말했다. 그러고는 한숨을 내쉬며 의자에 앉아 담배를 피웠다. 얼굴을 천장으로 향하고 우두둑 목을 돌렸다. "넌 정말 잘해줬어. 아르바이트생 중에서 가장 오래 일했고 단골들 평판도 좋았는데. 아무튼 젊은 애답지 않게 아주 잘했어."

고맙습니다, 라고 나는 말했다. 실제로 나는 평판이 아주 좋았다. 꼼꼼하게 일한 덕분이다. 대부분 아르바이트생은 대형 전동 잔디기계로 전체를 훽 깎아내고 나머지는 대충 마무리해버린다. 그러면 시간도 덜 들고 몸도 덜 지친다. 하지만 내 방식은 정반대였다. 잔디기계는 대충 돌리고 수작업에 시간을 들였다. 기계로 잘 깎이지 않는 구석까지 꼼꼼히 손으로 작업하는 것이다. 당연히 결과물이 훨씬 깔끔하다. 다만 벌이는 적다. 한 건당 얼마 하는 식으로 보수를 계산하기 때문이다. 정원의 대략적인 면적에 따라 가격이 정해졌다. 또한 계속 웅크리고 앉아 일해서 허리가 지독히 아프다. 이건 실제로 해본 사람이 아니면 모른다. 익숙해지기 전에는 계단을 오르내리기도 힘들었을 정도다.

나는 딱히 좋은 평판을 바라고 그렇게 공들여 일한 것은 아니었다. 믿기 힘든 말인지도 모르지만, 단지 잔디 깎는 게 좋아서였다. 매일 아침 잔디가위를 갈고 라이트밴에 기계를 싣고서 고객의 집에 찾아가 잔디를 깎는다. 다양한 정원이 있고 다양한 잔디가 있고 다양한 부인이 있다. 얌전하고 친절한 부인이 있는가 하면 퉁명스러운 부인도 있다. 노브라에 헐렁한 티셔츠를 입고, 잔디를 깎는 내 앞에서 몸을 숙여 젖꼭지까지 보여주는 젊은 부인도 있다.

아무튼 나는 계속 잔디를 깎았다. 정원에는 대부분 잔디가 길게 자라 있었다. 마치 풀숲 같다. 잔디가 길면 길수록 보람이 있었다. 일이 끝나면 정원의 인상이 확 달라지는 것이다. 이건 정말 멋진 느낌이다. 마치 두툼한 구름이 싹악 걷히고 햇빛이 일대를 가득 채우는 듯한 느낌.

딱 한 번—일이 끝난 뒤에—그 집 부인과 잔 적이 있다. 나이는 서른하나나 둘쯤 되었다. 그녀는 자그마한 몸집에 젖무덤이 작고 단단했다. 덧문을 모두 닫아걸고 전등불을 끈 캄캄한 방에서 우리는 몸을 섞었다. 그녀는 원피스를 입은 채 속옷만 벗고 내 위에 올라왔다. 가슴 아래쪽으로는 만지지 못하게 했다. 그녀의 몸은 이상할 만큼 써늘하고 버자이너만 따뜻했다. 그녀는 거의 한 마디도 하지 않았다. 나도 침묵했다. 원피스 자락이 사각사각 소리를 내고 그것이 느려졌다가 빨라졌다가 했다. 도중에 한 번 전화벨이 울렸다. 벨은 한바탕 울리다 멈췄다.

나중에야 내가 애인과 헤어진 게 그 일 때문이 아닌가 하는 생각이 문득 들곤 했다. 딱히 그렇게 생각해야 할 이유가 있었던 것은 아니다. 어쩐지 그런 생각이 들었을 뿐이다. 그때 받지 못한 전화 때문에. 하지만 뭐, 상관없다. 이미 끝난 일이다.

"그나저나 난처하네." 사장은 말했다. "네가 지금 빠져버리면 예약을 맞출 수가 없어. 지금 한창 바쁜 철인데."

장마 때문에 잔디가 수북수북 자란 것이다.

"어때, 앞으로 일주일만 더 나오면 안 될까? 일주일이면 일손도 구할 수 있을 테고, 그럭저럭 문제없을 것 같아. 그래준다면 특별히 보너스를 주지."

좋아요, 라고 나는 말했다. 당장에 딱히 이렇다 할 일정도 없고, 무엇보다 일 자체가 싫은 건 아니었다. 그나저나 참 이상하다 싶었다. 돈 같은 거 필요 없다고 생각하자마자 돈이 들어오다니.

사흘 맑은 날씨가 이어지고 하루 비가 내리고 다시 사흘 맑았다. 그렇게 마지막 일주일이 지났다.

여름이었다. 그것도 흠뻑 반해버릴 만큼 멋진 여름. 하늘에는 하얀 구름이 선명하게 떠 있었다. 태양은 지글지글 살갗을 태웠다. 내 등가죽은 세 번 벗어지고 이젠 완전히 새까매져 있었다. 귀 뒤까지 새까맸다.

마지막 일을 하는 날 아침, 티셔츠와 반바지, 테니스화에 선글라스를 끼고서 라이트밴을 타고 내게 마지막이 될 정원으로 향했다. 차 라디오가 망가져 집에서 가져온 트랜지스터라디오로 로큰롤을 들으며 운전을 했다. 크리던스나 그랜드 펑크였던 것 같다. 모든 것이 여름의 태양을 중심으로 회전하고 있었다. 나는 간간이 휘파람을 불고, 휘파람을 불지 않을 때는 담배를 피웠다. FEN*뉴스 아나운서가 기묘한 억양으로 베트남 지명을 연달아 말하고 있었다.

내 마지막 일터는 요미우리 랜드 근처에 있었다. 맙소사. 어째서 가나가와 현에 사는 사람이 도쿄 세타가야의 잔디깎기 회사에 서비스를 요청한 거지?

하지만 그것에 대해 불만을 늘어놓을 권리가 내게는 없었다. 왜냐하면 내가 스스로 선택한 일이니까. 아침에 회사에 가면 칠

* Far East Network, 미국 극동 방송망. AFN의 전신이다.

판에 그날의 일터가 죽 적혀 있고 저마다 원하는 장소를 선택한다. 대부분의 아르바이트생은 가까운 장소를 택했다. 오가는 데 시간이 들지 않아 그만큼 많은 건수를 소화할 수 있어서다. 나는 반대로 되도록 먼 곳을 택했다. 항상 그랬다. 모두 그것을 이상하게 생각했다. 앞서 말했듯이 나는 아르바이트생 중에서 가장 고참이라 원하는 곳을 맨 먼저 선택할 권리가 있었기 때문이다.

딱히 대단한 이유는 없었다. 멀리멀리 가는 게 좋았다. 먼 곳의 정원에서 먼 곳의 잔디를 깎는 게 좋았다. 먼 곳의 길에서 먼 곳의 풍경을 바라보는 게 좋았다. 하지만 그런 식으로 설명해봤자 아마 아무도 이해하지 못할 것이다.

나는 차창을 전부 열고 운전했다. 도회지에서 멀어질수록 바람이 시원해지고 녹음이 우거졌다. 풀숲의 훈김과 마른 흙 냄새가 짙어지고 하늘과 구름의 경계가 한 줄 선으로 또렷이 보였다. 멋진 날씨였다. 여자와 둘이서 여름날의 짧은 여행에 나서기에 더없이 좋은 날씨다. 나는 차가운 바다와 뜨거운 모래사장을 생각했다. 그리고 에어컨을 틀어둔 작은 방과 까슬까슬한 파란색 시트를 생각했다. 그뿐이다. 그 외에는 아무 생각도 나지 않았다. 모래사장과 파란색 시트가 번갈아가며 머릿속에 떠올랐다.

주유소에서 기름탱크를 가득 채우는 동안에도 똑같은 생각을 하고 있었다. 나는 주유소 옆 풀숲에 벌렁 누워 직원이 기름을 체크하고 창을 닦는 것을 멍하니 바라보았다. 땅에 귀를 대면 여러 소리가 들렸다. 아득한 파도소리 같은 것도 들렸다. 하지만 그건 물론 파도소리가 아니다. 땅에 흡수된 온갖 소리가 뒤섞인 것뿐이다. 눈앞의 풀 잎사귀 위를 작은 벌레가 기어가고 있었다. 날개가 달린 조그만 초록색 벌레다. 벌레는 잎사귀 끝까지 가더니 잠시 망설이다가 왔던 길을 되돌아갔다. 딱히 실망한 것 같진 않았다.

십여 분 만에 급유가 끝났다. 직원이 차의 경적을 울려 내게 알려주었다.

*

목적지 집은 언덕 중턱에 있었다. 온화하고 기품 있는 언덕이다. 구불구불한 길 양옆으로 느티나무 가로수가 이어졌다. 어떤 집 정원에서는 작은 사내아이 둘이 벌거숭이가 되어 서로에게 호스로 물을 뿌리고 있었다. 하늘로 솟구치는 물보라가 50센티미터쯤 되는 작은 무지개를 만들었다. 누군가 창을 열어둔 채 피아노 연습을 하고 있었다.

번지수를 더듬어가자 집은 간단히 찾았다. 나는 집 앞에 라이트밴을 세우고 벨을 눌렀다. 대답은 없었다. 주위는 무시무시하게 고요했다. 인기척도 없었다. 나는 다시 한번 벨을 눌렀다. 그리고 가만히 응답을 기다렸다.

아담하니 느낌이 좋은 집이었다. 크림색 모르타르 건물로, 지붕 한가운데 똑같은 색깔의 네모난 굴뚝이 나와 있었다. 창틀은 회색이고 하얀 커튼이 걸렸다. 둘 다 햇볕에 잔뜩 바랜 빛깔이었다. 오래된 집이지만 세월의 흔적이 멋지게 어울렸다. 피서지에 가면 곧잘 이런 집을 본다. 반년만 사람이 살고 반년은 빈집이다. 그런 분위기였다. 무언가의 영향으로 건물에서 생활의 냄새가 흩어진 것이다.

프랑스식으로 쌓은 벽돌담은 허리 높이밖에 안 되고 그 위는 넝쿨장미 울타리였다. 꽃은 모두 지고 초록색 잎이 눈부신 여름빛을 한가득 받고 있었다. 잔디 상태까지는 보이지 않았지만 정원이 꽤 넓고, 큼직한 녹나무가 크림색 벽에 시원한 그늘을 드리우고 있었다.

세번째로 벨을 눌렀을 때 현관문이 천천히 열리더니 중년 여자가 나타났다. 무시무시하게 큰 여자였다. 나도 결코 몸집이 작은 편이 아닌데 그녀가 나보다 3센티미터는 더 컸다. 어깨도 넓고, 꼭 뭔가에 화가 난 것처럼 보였다. 나이는 대략 쉰 전후일까. 미인까지는 아니어도 이목구비가 단정했다. 하긴 단정하다고 한들 남들에게 호감을 살 만한 얼굴은 아니었다. 짙은 눈썹과 네모진 턱에서는 일단 말을 뱉으면 결코 무르는 법이 없을 듯한 고집스러움이 엿보였다.

그녀는 졸린 듯 게슴츠레한 눈빛으로 귀찮다는 듯이 나를 보았다. 흰머리가 조금 섞인 굵은 머리카락이 머리 위에서 물결치고, 갈색 무명 원피스 어깻죽지 밑으로 탄탄한 두 팔이 축 늘어져 있었다. 팔은 새하얬다.

"잔디 깎으러 왔어요." 나는 말했다. 그리고 선글라스를 벗었다.

"잔디?" 그녀는 고개를 갸웃했다.

"네, 전화를 받았는데요."

"아, 그래, 잔디. 오늘이 며칠이지?"

"14일이에요."

그녀는 하품을 했다. "아, 14일인가." 그리고 다시 한번 하품을 했다. 마치 한 달은 자다 나온 것 같았다. "근데 담배 있어?"

나는 호주머니에서 쇼트 호프 담배를 꺼내 그녀에게 건네고 성냥으로 불을 붙여주었다. 그녀는 기분좋게 하늘을 향해 후우 연기를 뿜었다.

"얼마나 걸리지?" 그녀는 말했다.

"시간 말입니까?"

그녀는 턱을 앞으로 내밀어 끄덕였다.

"넓이와 잔디 상태에 따라 달라요. 잠깐 봐도 될까요?"

"봐. 우선 봐야 깎지."

나는 그녀 뒤를 따라 정원으로 돌아갔다. 정원은 납작한 직사각형이고 60평쯤 되었다. 수국 덤불이 보이고 녹나무가 한 그루, 나머지는 잔디다. 창문 아래 빈 새장 두 개가 내버려져 있었다. 정원은 구석구석 손질이 잘되어 있고 잔디는 굳이 깎아낼 필요도 없을 만큼 짧았다. 나는 조금 김이 빠졌다.

"이 정도면 앞으로 이 주는 가겠는데요." 나는 말했다.

그녀는 짧게 콧소리를 냈다.

"좀더 짧게 깎고 싶어. 그러려고 돈을 내는 거지. 내가 그러고 싶다는데 안 될 것 없잖아?"

나는 잠깐 그녀를 보았다. 뭐 확실히 맞는 말이었다. 나는 고개를 끄덕이고 머릿속으로 시간을 가늠해보았다. "네 시간이면 끝납니다."

"굉장히 느긋하게 하네?"

"느긋하게 하고 싶어요."

"뭐, 좋을 대로." 그녀는 말했다.

라이트밴에서 전동 잔디기계와 잔디가위, 갈퀴, 쓰레기봉투, 아이스커피가 든 보온병과 트랜지스터라디오를 꺼내 정원으로 날랐다. 해는 점점 중천에 가까워지고 기온도 점점 올라갔다. 내가 도구를 나르는 동안 그녀는 현관에 구두를 열 켤레쯤 늘어놓고 총채로 먼지를 털었다. 구두는 모두 여성용, 작은 사이즈와 특대 사이즈 두 종류였다.

"음악 들으면서 해도 괜찮아요?" 나는 물어보았다.

그녀가 웅크려 앉은 채 나를 올려다보았다. "나도 음악 좋아해."

나는 우선 정원에 굴러다니는 돌멩이부터 치워놓고 잔디기계를 돌렸다. 돌이 휩쓸려 들어가면 칼날에 상처가 나기 때문이다. 기계 앞쪽에 플라스틱 바구니가 달려 있어서 깎아낸 잔디는 모두 그곳으로 들어간다. 바구니가 가득차면 떼어내 쓰레기봉투에 비운다. 정원이 60평이나 되다보니 잔디가 짧아도 상당한 양이 깎여 나왔다. 햇볕이 쨍쨍 내리쬐었다. 나는 땀에 젖은 티셔츠를 벗고 반바지 한 장만 걸친 차림이 되었다. 잘 구워진 바비큐 같은 꼴이다. 이렇게 작업하다보면 아무리 물을 마셔도 오줌 한 방울 나오지 않는다. 모두 땀으로 나가는 것이다.

한 시간쯤 기계를 돌린 뒤 잠시 쉬려고 녹나무 그늘에 앉아 아이스커피를 마셨다. 당분이 온몸에 속속들이 스며들었다. 머리 위에서 매미가 울어댔다. 라디오 스위치를 켜고 다이얼을 돌려 적당한 디스크자키를 찾았다. 스리 도그 나이트의 〈마마 톨드 미〉가 나온 참에 다이얼을 멈추고 벌렁 누워서 선글라스 너머 나뭇가지와 그 사이로 비쳐드는 햇빛을 바라보았다.

그녀가 다가와 내 옆에 섰다. 아래서 올려다보니 꼭 녹나무 같았다. 오른손에 유리잔을 들고 있었다. 잔에 든 얼음과 위스키로 보이는 액체가 여름 햇빛에 반짝이며 출렁였다.

"덥지?" 그녀는 말했다.

"그렇네요." 내가 말했다.

"점심은 어떻게 하지?" 그녀가 말했다.

나는 손목시계를 보았다. 열한시 이십분이었다.

"열두시에 나가서 먹을게요. 근처에 햄버거 가게가 있더군요."

"일부러 나갈 거 없어. 내가 샌드위치라도 만들어줄게."

"정말 괜찮아요. 항상 밖에 나가서 먹으니까요."

그녀는 위스키 잔을 들어 한입에 반 정도 마셨다. 그러고는 입을 오므리고 후유 숨을 내쉬었다. "어차피 내 것도 만들어야 해. 그 김에 하는 거야. 싫다면 억지로 안 만들겠지만."

"그럼 잘 먹겠습니다. 고마워요."

그녀는 아무 말 없이 턱을 약간 앞으로 내밀었다. 그리고 느릿느릿 어깨를 흔들며 집안으로 들어갔다.

그뒤로 열두시까지는 가위로 잔디를 깎았다. 우선 기계로 깎아 들쑥날쑥한 곳을 다듬고 잔디 부스러기를 갈퀴로 긁어모은 다음 기계로 깎이지 않는 부분을 깎는다. 마음을 느긋하게 먹어야 하는 일이다. 대충 하려고 들면 얼마든지 대충 할 수 있고, 제대로 하려고 들면 얼마든지 제대로 할 수 있다. 하지만 제대로 했다고 그만큼 평가받는가 하면 꼭 그렇지만도 않다. 오히려 꾸물거리는 것처럼 보일 수도 있다. 하지만 앞에서도 말했듯이 나는 꽤 제대로 한다. 이건 성격의 문제다. 그리고 아마도 자존심의 문제다.

열두시에 어디선가 사이렌이 울리자 그녀는 나를 부엌으로 불러 샌드위치를 챙겨주었다.

넓지는 않지만 말끔하고 청결한 부엌이었다. 불필요한 장식이 하나도 없었다. 심플하고 기능적인 부엌이었다. 전자제품은 하나같이 구형이었다. 그리운 기분이 든다고 해도 좋을 정도였다. 어디선가 시대가 멈춰버린 듯한 느낌도 들었다. 거대한 냉장고가 웅웅거리는 소리 외에 사방은 아주 고요했다. 그릇에도 숟가락에도 그림자 같은 고요함이 배어 있었다. 그녀가 맥주를 권했지만 나는 작업중이라며 거절했다. 그녀는 대신 오렌지주스를 주었다. 맥주는 그녀가 직접 마셨다. 테이블 위에는 절반 남은 화이트호스 위스키병도 있었다. 싱크대 밑에는 여러 종류의 빈 병이 나뒹굴고 있었다.

햄과 양상추와 오이를 넣은 샌드위치는 보기보다 훨씬 맛있었다. 정말 맛있어요, 라고 나는 말했다. 샌드위치는 옛날부터 잘 만들지, 라고 그녀가 말했다. 다른 음식은 잘 못하지만 샌드위치 하나는 잘해. 죽은 남편이 미국인이었는데 매일 샌드위치를 먹었거든. 샌드위치만 먹여주면 군말이 없었어.

그녀는 그 샌드위치를 한 조각도 먹지 않았다. 피클 두 조각만 집어먹고 내내 맥주만 마셨다. 그다지 맛있게 마시지도 않았다. 하는 수 없이 마신다는 기색이었다. 우리는 식탁에 마주앉아 샌드위치를 먹고 맥주를 마셨다. 그러나 그녀는 그 이상 아무 말이 없었고 나도 입을 열지 않았다.

열두시 반에 나는 다시 잔디로 돌아왔다. 마지막 잔디다. 여기만 깎고 나면 이제 잔디와 안녕이다.

FEN에서 나오는 로큰롤을 들으며 공들여 잔디를 다듬었다. 깎아낸 잔디를 몇 번이나 갈퀴로 치워놓고, 이발사가 곧잘 그러듯이 덜 깎인 곳이 없는지 다양한 각도에서 점검했다. 한시 반쯤에 삼분의 이가 끝났다. 땀이 자꾸 눈으로 들어가 그때마다 정원 수도에서 얼굴을 씻었다. 이유도 없이 몇 번인가 페니스가 발기했고 다시 잠잠해졌다. 잔디를 깎으며 발기하다니, 어쩐지 바보 같다.

두시 이십분에 작업이 끝났다. 나는 라디오를 끄고 맨발로 잔디 위를 한 바퀴 돌아보았다. 만족스러웠다. 빠뜨린 곳도 없고 들쑥날쑥한 곳도 없다. 융단처럼 보드랍다. 나는 눈을 감고 크게 숨을 들이마셨다. 그리고 잠시 발바닥에 느껴지는 시원한 초록빛 감촉을 즐겼다. 하지만 얼마 안 있어 온몸의 힘이 갑자기 쭉 빠졌다.

'지금도 너를 정말 좋아해.' 그녀는 마지막 편지에 그렇게 썼다. '다정다감하고 아주 훌륭한 사람이라고 생각해. 이건 거짓말이 아니야. 하지만 어느 순간, 그것만으로는 부족하다는 느낌이 들었어. 왜 그런 생각이 들었는지 나도 모르겠어. 이렇게 말하면 넌 괴롭겠지. 아무런 설명도 되지 않을 테니까. 열아홉 살이란 정말 싫은 나이야. 앞으로 몇 년쯤 지나면 훨씬 잘 설명할 수 있을 거야. 하지만 몇 년쯤 지난 뒤에는, 더 설명할 필요도 없겠지.'

나는 수도에서 얼굴을 씻고 작업 도구들을 라이트밴에 싣고 나서 새 티셔츠를 입었다. 그리고 현관문을 열고 일이 끝났음을 알렸다.

"맥주 좀 마시고 가." 그녀는 말했다.

"고맙습니다." 내가 말했다. 맥주 정도는 마셔도 괜찮으리라.

우리는 정원 끝에 나란히 서서 잔디를 바라보았다. 나는 맥주를 마시고 그녀는 길쭉한 유리잔으로 레몬을 뺀 보드카토닉을 마셨다. 주류 매장에서 종종 덤으로 주는 그런 유리잔이었다. 매미는 아직도 울고 있었다. 그녀는 전혀 취한 것처럼 보이지 않았다. 숨소리만 약간 부자연스러웠다. 이 사이로 쓰쓰 새어나오는 듯한 숨소리였다. 이러다가 당장이라도 의식을 잃고 잔디 위에 털썩 쓰러져 그대로 죽어버리진 않을까. 나는 그녀가 쓰러지는 장면을 머릿속으로 그려보았다. 아마도 똑바로 콰당 쓰러질 거라고 나는 생각했다.

"일을 잘하네." 그녀가 말했다. 그다지 유쾌하지 않다는 듯한 목소리였지만, 그렇다고 뭔가 나무라는 것도 아니었다. "지금까지 잔디 깎는 사람이 여럿 왔었지만 이렇게 제대로 해준 건 네가 처음이야."

"고맙습니다." 나는 말했다.

"죽은 남편이 잔디에 유난을 떨었어. 매번 자기 손으로 직접 말끔하게 깎았지. 꼭 너처럼 말이야."

나는 담배를 꺼내 그녀에게 권하고 함께 피웠다. 그녀의 손은 내 손보다 컸다. 그리고 돌처럼 딱딱해 보였다. 오른손의 유리잔도 왼손의 쇼트 호프도 아주 작아 보였다. 손가락은 굵직하고 반지도 끼지 않았다. 손톱에는 뚜렷한 세로선이 몇 줄 나 있었다.

"쉬는 날이면 늘 잔디만 깎았어. 그리 괴짜도 아니었는데."

나는 이 여자의 남편을 잠시 상상해보았다. 잘되지 않았다. 녹나무 부부가 상상 안 되는 것과 마찬가지다.

그녀는 다시 쓰쓰 숨을 내쉬었다.

"남편이 죽은 뒤로," 여자가 말했다. "내내 업자를 불렀어. 나는 햇볕에 약하고 우리 딸은 타는 걸 싫어하고. 하긴 타는 건 둘째 치고 젊은 여자애가 잔디를 깎으려 들 리 없지."

나는 고개를 끄덕였다.

"그래도 너 일하는 건 마음에 들었어. 잔디란 이런 식으로 깎아야지. 똑같이 깎아도 마음이란 게 있거든. 마음이 없으면 그건 그저……" 그녀는 그다음 말을 찾았지만 말은 나오지 않았다. 대신 트림을 했다.

나는 다시 한번 잔디를 바라보았다. 그것은 내 마지막 일이었다. 그리고 나는 그 사실이 어쩐지 슬펐다. 그 슬픔에는 헤어진 여자친구도 포함되어 있었다. 이 잔디를 끝으로 그녀와의 감정도 이제 사라져버리겠구나, 라고 생각했다. 나는 그녀의 벗은 몸을 떠올렸다.

녹나무 같은 여자가 또 트림을 했다. 그리고 몹시 불쾌해하는 표정을 지었다.

"다음달에도 와."

"다음달은 안 돼요." 나는 말했다.

"왜?" 그녀가 말했다.

"오늘이 마지막날이거든요." 나는 말했다. "슬슬 학생으로 돌아가서 공부해야 학점을 딸 수 있어요."

그녀는 잠시 내 얼굴을 보다가 자기 발밑을 바라보고, 다시 내 얼굴을 보았다.

"학생이야?"

"네." 나는 말했다.

"어느 학교?"

나는 대학교의 이름을 말했다. 학교 이름은 그녀에게 별 감흥을 주지 못했다. 딱히 감흥을 줄 만한 학교가 아닌 것이다. 그녀는 집게손가락으로 귀 뒤를 긁적였다.

"이제 이 일은 안 해?"

"네, 올여름에는." 나는 말했다. 올여름에는 이제 잔디를 깎지 않을 것이다. 내년 여름에도, 그리고 내후년 여름에도.

그녀는 양치하는 것처럼 보드카토닉을 잠시 입에 머금고 있다가 아까운 듯 반씩 나눠 삼켰다. 이마에 땀이 송송 맺혀 있었다. 작은 벌레가 살갗에 붙어 있는 것처럼 보였다.

"안으로 들어가자." 여자는 말했다. "바깥은 너무 더워."

나는 손목시계를 보았다. 두시 삼십오분. 늦은 건지 이른 건지 잘 알 수 없었다. 일은 이제 모두 끝났다. 내일부터는 단 1센티미터도 잔디를 깎을 필요 없다. 아주 묘한 기분이었다.

"바빠?" 여자가 물었다.

나는 고개를 저었다.

"그럼 안에 들어가서 시원한 거 마시고 가. 그렇게 오래 안 붙잡을게. 게다가 잠깐 보여줄 것도 있고."

보여줄 것?

하지만 내게 망설일 여유는 없었다. 그녀가 앞장서서 성큼성큼 걸음을 옮겼다. 내 쪽은 돌아보지도 않았다. 나는 어쩔 수 없이 뒤따라갔다. 더위로 머리가 멍했다.

집안은 여전히 고요했다. 여름날 오후 빛의 홍수 속에서 갑자기 실내로 들어서자 눈꺼풀 안쪽이 따끔따끔했다. 집안에는 물에 갠 듯한 옅은 어둠이 어려 있었다. 몇십 년 전부터 그곳에 자리잡은 듯한 어둠. 딱히 컴컴하지는 않고 옅은 어둠이었다. 공기는 서늘했다. 에어컨의 서늘함이 아니라 움직이는 공기가 만들어내는 서늘함이다. 어디선가 바람이 들어와 어딘가로 빠져나가는 것이다.

"이쪽이야." 그녀는 곧게 뻗은 복도를 쿵쿵거리며 걸어갔다. 복도에 창이 몇 개 있었지만 옆집의 돌담과 웃자란 녹나무 가지가 빛을 가로막았다. 복도에서는 다양한 냄새가 났다. 전부 기억에 있는 냄새였다. 시간이 만들어내는 냄새. 시간이 만들어내고, 그리고 언젠가 다시 시간이 지워갈 냄새. 오래된 옷이나 오래된 가구, 오래된 책, 오래된 생활의 냄새다. 복도 끝에 계단이 있었다. 그녀는 뒤를 돌아 내가 따라오는지 확인하고 계단을 올랐다. 그녀가 한 칸씩 디딜 때마다 오래된 목재가 삐거덕댔다.

계단을 올라가자 그제야 빛이 비쳐들었다. 층계참에 난 창에는 커튼이 없어서 여름해가 바닥에 빛의 풀장을 만들었다. 2층에는 방이 두 개밖에 없었다. 하나는 창고고, 다른 하나가 방다운 방이었다. 칙칙한 연초록색 문에 작은 젖빛 유리창이 나 있었다. 초록색 페인트는 조금 벗겨졌고 황동 손잡이는 손이 닿는 부분만 허옇게 변했다.

그녀는 입을 오므려 후유 숨을 내쉬더니 거의 비어버린 보드카토닉 잔을 창틀에 내려놓고 원피스 호주머니에서 열쇠다발을 꺼내 큰 소리를 내며 자물쇠를 땄다.

"들어와." 그녀가 말했다. 우리는 방으로 들어갔다. 안은 컴컴하고 후텁지근했다. 더운 공기가 고여 있었다. 꼭꼭 닫아둔 덧문 틈새로 은박지처럼 얄팍한 빛 몇 줄기가 비쳐들었다. 아무것도 보이지 않았다. 희끗희끗 떠다니는 먼지가 보일 뿐. 그녀는 커튼을 걷고 유리문을 열더니 덜걱덜걱 덧문을 밀었다. 눈부신 빛과 시원한 남풍이 순식간에 방으로 쏟아져들어왔다.

전형적인 십대 여자애의 방이었다. 창가에 학생용 책상이 있고 그 반대편에 작은 나무침대가 있었다. 침대에는 청산호색 시트를 주름 하나 없이 씌웠고 베개도 같은 색깔이었다. 발치에는 담요를 한 장 개켜두었다. 침대 옆에 옷장과 화장대가, 화장대 앞에 화장도구 몇 가지가 있었다. 헤어브러시와 작은 가위, 립스

틱이며 콤팩트 같은 것들이다. 딱히 화장에 공들이는 타입은 아닌 것 같았다.

책상 위에는 공책과 사전이 있었다. 프랑스어 사전과 영어 사전이다. 상당히 많이 펼쳐본 듯 보였다. 그것도 험하게 쓰지 않고 아껴서 사용한 티가 났다. 펜 트레이에는 어지간한 필기구들이 끄트머리를 나란히 하고 놓여 있었다. 지우개는 한쪽만 둥글게 닳았다. 그리고 자명종과 전기스탠드와 유리 문진. 모두 소박한 물건들이다. 나무 벽에는 새를 그린 원색화 다섯 장과 숫자만 있는 달력이 걸렸다. 책상 위를 훑자 손끝이 먼지로 하얘졌다. 한 달쯤 쌓인 먼지다. 달력도 6월이었다.

전체적으로 그 나이대 여자애의 방치고는 말끔했다. 봉제인형도 없고 록가수 사진도 없다. 현란한 장식물도 없고 꽃무늬 쓰레기통도 없다. 붙박이 책꽂이에는 다양한 책이 꽂혀 있었다. 문학전집, 시집, 영화잡지, 미술전 팸플릿 등이었다. 영어 페이퍼백도 몇 권 꽂혀 있었다. 나는 이 방의 주인을 상상해봤지만 잘되지 않았다. 헤어진 애인의 얼굴밖에 떠오르지 않았다.

몸집 큰 중년 여자는 침대에 앉은 채 가만히 나를 지켜보았다. 줄곧 내 시선을 좇았지만 머릿속으로는 전혀 다른 생각을 하는 것처럼 보였다. 눈이 나를 향하고 있을 뿐 실은 아무것도 보고 있지 않았다. 나는 책상 앞 의자에 앉아 그녀 뒤의 회벽을 바라보았다. 벽에는 아무것도 걸려 있지 않았다. 그냥 하얀 벽이다. 가만히 바라보고 있으려니 벽 위쪽이 앞으로 기운 것처럼 보였다. 금방이라도 그녀의 머리 위로 무너져내릴 것만 같았다. 하지만 물론 그런 일은 없다. 빛이 꺾여서 그렇게 보일 뿐이다.

"뭐 좀 마실까?" 그녀가 물었다. 나는 괜찮다고 했다.

"사양할 거 없어. 잡아먹진 않을 테니까."

그럼 똑같은 것으로, 연하게 주세요, 라고 나는 그녀의 보드카토닉을 가리키며 말했다.

그녀는 오 분 뒤 보드카토닉 두 잔과 재떨이를 들고 돌아왔다. 나는 내 몫의 보드카토닉을 한 모금 마셨다. 전혀 연하지 않았다. 나는 얼음이 녹기를 기다리며 담배를 피웠다. 그녀는 침대에 앉아 아마도 내 것보다 훨씬 진할 보드카토닉을 홀짝거렸다. 이따금 오도독오도독 얼음을 깨물어먹었다.

"난 몸이 튼튼해." 그녀는 말했다. "그래서 취하지 않아."

나는 애매하게 고개를 끄덕였다. 우리 아버지도 그랬다. 하지만 알코올과 경쟁해서 이긴 사람은 없다. 코가 물속에 폭 잠겨버릴 때까지 여러 가지 것을 깨닫지 못하는 것뿐이다. 아버지는 내가 열여섯 살이 되던 해에 죽었다. 아주 깨끗한 죽음이었다. 살아 있었는지 어땠는지조차 잘 생각나지 않을 만큼 깨끗한 죽음.

그녀는 내내 침묵했다. 유리잔을 흔들 때마다 얼음 부딪히는 소리가 났다. 열린 창으로 이따금 시원한 바람이 불어왔다. 바람은 남쪽에서 또다른 언덕을 넘어 불어왔다. 그대로 잠들어버리고 싶은 조용한 여름날 오후다. 어딘가 멀리서 전화벨이 울리고 있었다.

"옷장 좀 열어봐." 그녀가 말했다. 나는 옷장 앞으로 가서 그녀가 시키는 대로 문을 양쪽으로 열었다. 안에는 옷이 잔뜩 걸려 있었다. 반은 원피스고 나머지 반은 스커트와 블라우스와 재킷 등이다. 전부 여름옷이었다. 낡은 옷도 있고 거의 새것처럼 보이는 옷도 있었다. 스커트는 대부분 미니였다. 취향도 물건도 나쁘지 않았다. 딱히 눈길을 끄는 건 아니지만 굉장히 느낌이 좋았다. 이만큼 마련해두면 여름 한철 데이트 때마다 다른 옷을 입고 나갈 수 있다. 잠시 그 옷들을 바라보다 나는 옷장 문을 닫았다.

"아주 좋은데요." 내가 말했다.

"서랍도 열어봐." 그녀는 말했다. 나는 잠시 망설였지만 단념하고 옷장에 달린 서랍을 하나씩 열어보았다. 주인도 없는 사이 여자애의 방을 휘젓는 게—아무리 어머니가 허락했다고 해도—도저히 정당한 행위로 생각되지 않았지만, 거절하기도 귀찮았다. 오전 열한시부터 술을 마시는 인간이 대체 무슨 생각을 하는지 나는 알 도리가 없다. 맨 위 큰 서랍에는 청바지며 폴로셔츠, 티셔츠가 들어 있었다. 깨끗이 빨아 주름 하나 없이 단정히 개켜두었다. 두번째 칸에는 핸드백이며 벨트, 손수건, 팔찌 같은 게 있었다. 천 모자도 몇 개 있었다. 세번째 서랍은 속옷과 양말이었다. 모든 것이 청결하고 잘 정돈되어 있었다. 나는 별다른 이유도 없이 슬픔에 빠졌다. 어쩐지 가슴이 먹먹해지는 느낌이었다. 그러고 나서 서랍을 닫았다.

여자는 침대에 앉은 채 창밖의 풍경을 보고 있었다. 오른손에 든 보드카토닉 잔은 거의 비어 있었다.

나는 의자로 돌아와 새 담배에 불을 붙였다. 창밖은 완만한 비탈이고 그 비탈이 끝난 언저리에서 다시 다른 언덕이 시작되었다. 초록빛 구릉지가 한없이 이어지고 그곳에 달라붙듯이 집들이 늘어서 있다. 어느 집에나 정원이 있고 어느 정원에나 잔디가 자라 있었다.

"어떻게 생각해?" 그녀가 창에 시선을 둔 채 말했다. "그녀에 대해서 말이야."

"만난 적도 없는데, 모르죠." 나는 말했다.

"옷을 보면 그 여자에 대해 웬만큼 알 수 있지." 여자는 말했다.

나는 애인을 생각했다. 그리고 그녀가 어떤 옷을 입었는지 떠올려보았다. 전혀 떠오르지 않았다. 내가 그녀에 대해 떠올릴 수 있는 것은 모두 막연한 이미지였다. 그녀의 스커트를 떠올리려고 하면 블라우스가 사라지고, 모자를 떠올리려고 하면 그녀의 얼굴이 어떤 딴 여자의 얼굴이 되었다. 기껏해야 반년 전 일인데 아무것도 떠올릴 수 없었다. 결국 나는 그녀에 대해 대체 뭘 알고 있었던 걸까?

"모르겠는데요." 나는 다시 말했다.

"느낌이라도 괜찮아. 어떤 것이든 좋아. 아주 작은 거라도 말해봐."

나는 시간을 벌기 위해 보드카토닉을 한 모금 마셨다. 얼음이 거의 다 녹아 토닉워터는 달콤한 물이 되어 있었다. 보드카의 강렬한 향기가 목구멍을 타고 위로 내려가 은근한 온기로 변했다. 창문을 넘어 불어온 바람이 책상 위에 흰 담뱃재를 흩뿌렸다.

"느낌이 아주 좋고 단정한 사람일 것 같아요." 나는 말했다. "자기주장을 강하게 밀어붙이지 않지만 그렇다고 소심한 것도 아니에요. 성적은 중상 정도. 학교는 여대나 전문대, 친구는 별로 많지 않지만 사이가 좋고. ……맞아요?"

"계속해봐."

나는 손안에서 유리잔을 몇 번 돌리다가 책상에 내려놓았다. "그 이상은 모르겠어요. 방금 말한 게 맞는지 어떤지도 전혀 자신이 없는데요."

"대충 맞았어." 그녀는 무표정하게 말했다. "대충 맞아."

그녀의 존재가 살금살금 이 방으로 숨어드는 것 같았다. 그녀는 어렴풋한 흰색 그림자 같았다. 얼굴도 팔도 다리도, 아무것도 없다. 빛의 바다가 만들어낸 아주 작은 뒤틀림 속에 그녀는 존재했다. 나는 보드카토닉을 다시 한 모금 마셨다.

"남자친구는 있어요." 나는 말을 이었다. "한 명이나 두 명? 모르겠네요. 얼마나 깊은 사이인지는 모르겠어요. 하지만 그런 건 별로 상관없어요. 문제는…… 그녀가 여러 가지 것에 쉽게 익숙해지지 못한다는 거예요. 자기 몸이나, 생각이나, 자기가 원하는 것, 그리고 남들이 요구하는 것…… 그런 것들에요."

"그래." 잠시 후 여자가 말했다. "무슨 말인지 알겠어."

나는 알지 못했다. 내 말이 무슨 뜻인지는 알고 있었다. 하지만 누가 누구에게 하는 말인지 알 수 없었다. 나는 몹시 피곤하고 졸렸다. 잠들어버리면 많은 것이 명확해질 것 같았다. 하지만 솔직히 그런다고 해서 뭔가 나아질 것 같지는 않았다.

그후로 그녀는 내내 입을 다물었다. 나도 잠자코 있었다. 달리 할 일이 없어서 결국 보드카토닉을 반이나 마셔버렸다. 바람이 약간 강해져서 녹나무의 둥근 잎이 흔들렸다. 나는 실눈을 뜨고 가만히 그것을 바라보았다. 침묵은 꽤 오래 이어졌지만 그리 괴롭진 않았다. 나는 잠들지 않도록 주의하면서 녹나무를 바라보고, 내 몸속에 심지처럼 존재하는 피로를 가상의 손가락 끝으로 계속 더듬어보았다. 그것은 내 안에 있으면서 또한 아주 먼 어딘가에 있는 것처럼 느껴졌다.

"붙잡고 있어서 미안해." 여자가 말했다. "잔디를 정말 곱게 깎아줘서, 기뻐서 그랬어."

나는 고개를 끄덕였다.

"아, 돈 줄게." 여자는 원피스 호주머니에 희고 큰 손을 넣으며 말했다. "얼마지?"

"나중에 정식으로 청구서 보내드릴게요. 계좌로 입금해주시면 돼요." 내가 말했다.

여자는 목 안쪽에서 어쩐지 불만스러운 듯한 소리를 냈다.

우리는 다시 같은 계단을 내려와 같은 복도를 되짚어 현관으로 나왔다. 복도와 현관은 들어올 때와 마찬가지로 서늘하고 어둠에 감싸여 있었다. 어린 시절의 여름날, 얕은 시내를 맨발로 거슬러오르다 거대한 철교 밑을 지날 때 정확히 이런 느낌이 들었다. 주위가 으슥해지면서 갑작스레 물의 온도가 뚝 떨어진다. 그리고 발밑의 모래가 묘하게 미끈거린다. 현관에서 테니스화를 신고 문을 열었을 때 문득 안도감이 밀려왔다. 햇빛이 내 주위에 넘쳐나고 바람에서는 숲의 향기가 났다. 벌 몇 마리가 졸린 듯한 날개 소리를 내며 담장 위를 날아다녔다.

"대단한 솜씨야." 여자는 정원의 잔디를 바라보며 다시 한번 말했다.

나도 잔디를 바라보았다. 분명 정말 곱게 깎았다. 근사하다고 해도 좋을 정도다.

여자는 주머니에서 많은 것을—그야말로 많은 것을—꺼내 그중 꾸깃꾸깃한 만 엔짜리 지폐를 집어냈다. 그리 낡은 지폐는 아니지만 아무튼 꾸깃꾸깃했다. 십사오 년 전에 만 엔이면 제법 큰돈이었다. 나는 잠시 망설였지만 거절하지 않는 게 좋을 것 같아서 받기로 했다.

"고맙습니다." 나는 말했다.

여자는 아직 뭔가 못다 한 말이 남은 듯한 표정이었다. 그걸 어떻게 말해야 할지 잘 모르는 것 같았다. 그 상태로 오른손에 든 유리잔을 바라보았다. 유리잔은 비어 있었다. 그래서 또 나를 보았다.

"다시 잔디 깎는 일 시작하면 우리집에 전화해. 언제든 좋으니까."

"네." 내가 말했다. "그럴게요. 샌드위치하고 술, 감사합니다."

그녀는 목구멍 안에서 '응'인지 '흠'인지 알 수 없는 소리를 냈다. 그리고 빙글 돌아서서 현관으로 걸어갔다. 나는 차 시동을 걸고 라디오 스위치를 켰다. 벌써 세시가 훌쩍 넘은 시각이었다.

중간에 졸음을 쫓을 겸 휴게소에 들어가 코카콜라와 스파게티를 주문했다. 스파게티는 지독히도 맛이 없어서 반밖에 먹지 못했다. 하지만 어쨌거나 별로 배가 고프지 않은 탓이 컸다. 안색이 나쁜 웨이트리스가 그릇을 치워가자 나는 비닐을 댄 의자에 앉아서 꾸벅꾸벅 졸았다. 안은 텅 비었고 적당하게 냉방이 되어 있었다. 아주 짧은 잠이었던 터라 꿈 같은 건 꾸지 않았다. 잠 자체가 꿈 같았다. 그래도 눈을 떴을 때는 햇볕이 얼마간 약해져 있었다. 나는 콜라를 한 잔 더 마시고 아까 받은 만 엔 지폐로 계산했다.

주차장에서 차에 올라 열쇠를 대시보드에 올려놓고 담배를 한 대 피웠다. 각종 자잘한 피로가 한꺼번에 밀려왔다. 알고 보니 나는 몹시 지쳐 있던 것이다. 운전을 포기하고 좌석 깊숙이 몸을 묻고서 또 한 대 담배를 피웠다. 모든 것이 머나먼 세계에서 일어난 일 같았다. 쌍안경을 거꾸로 들여다볼 때처럼 사물이 유난히 선명하고 부자연스러웠다.

'너는 나에게 많은 것을 바라고 있겠지만,' 애인은 그렇게 썼다. '나는 내가 그 대상이라는 생각이 전혀 들지 않아.'

내 바람은 잔디를 꼼꼼하게 깎는 것뿐이야, 나는 생각한다. 처음에는 기계로 깎고 갈퀴로 긁어낸 다음 가위로 꼼꼼히 다듬는다—그것뿐이다. 나는 그렇게 할 수 있다. 그렇게 해야 한다고 느끼기 때문이다.

그렇잖아, 라고 소리 내어 말해보았다.

대답은 없었다.

십 분 후 휴게소 매니저가 차 옆으로 다가와 몸을 숙이며 괜찮으냐고 물었다.

"현기증이 좀 났어요." 나는 말했다.

"날이 너무 더워서 그래. 물 좀 갖다줄까?"

"고마워요. 하지만 정말 괜찮습니다."

나는 주차장에서 차를 빼 동쪽을 향해 달렸다. 길 양옆으로 다양한 집이 서 있고 다양한 정원이 있고 다양한 사람들의 다양한 삶이 있었다. 나는 핸들을 붙든 채 내내 그런 풍경을 바라보았다. 라이트밴 짐칸에서 잔디기계가 덜컹덜컹 흔들렸다.

*

그후로 나는 한 번도 잔디를 깎지 않았다. 언젠가 잔디 정원이 있는 집에 살게 된다면 다시 잔디를 깎게 되리라. 하지만 그건 한참 나중의 일일 듯하다. 그때도 나는 정말 꼼꼼하게 잔디를 깎을 게 틀림없다.

땅속 그녀의 작은 개

창밖에는 비가 내렸다. 비는 벌써 사흘째 내리고 있었다. 단조롭고 개성 없고 끈질긴 비였다.

비는 내가 이곳에 도착하는 것과 거의 동시에 내리기 시작했다. 다음날 아침 눈을 떴을 때도 비는 여전히 내리고 있었다. 밤에 잘 때도 계속 그랬다. 그런 반복이 사흘이나 이어졌다. 비는 단 한 번도 그치지 않았다. 아니, 그렇지 않은지도 모른다. 실제로 비는 몇 번쯤 그쳤는지도 모른다. 하지만 만일 비가 그쳤다고 해도 그건 내가 자거나 잠시 눈을 뗀 동안의 일이다. 적어도 내가 바깥을 바라보는 동안은 쉼 없이 비가 내렸다. 눈을 뜨면 언제나 비가 내리고 있었다.

어떤 경우에 비는 내 머리를 혼란스럽게 한다. 오랫동안 계속 비를 보고 있으면 비 쪽이 현실인지 내 쪽이 현실인지 알 수 없어질 때가 있는 것이다. 비에는 그런 작용이 있다. 그리고 때때로 양쪽 다 나름대로의 현실성을 주장하기 시작한다. 즉 비를 중심으로 의식이 회전함과 동시에 의식을 중심으로 비가 회전하는—몹시 막연한 표현이지만—것처럼 느껴진다. 그런 때 내 머리는 지독히 혼란스럽다.

나흘째 아침, 나는 수염을 깎고 머리를 매만지고 엘리베이터로 4층 식당에 올라갔다. 밤늦게까지 혼자 위스키를 마신 탓에 속이 쓰려서 아무것도 먹고 싶지 않았지만, 그렇다고 달리 할 일도 생각나지 않았다. 나는 창가 자리에 앉아 아침식사 메뉴를 위에서 아래까지 다섯 번쯤 훑어보다 단념하고 커피와 플레인 오믈렛을 주문했다. 그리고 음식이 나올 때까지 비를 바라보며 담배를 한 대 피웠다. 담배에선 맛이 느껴지지 않았다. 아마 위스키를 너무 많이 마신 탓일 것이다.

6월의 금요일 아침, 식당은 한산하니 인기척이 없었다. 아니, 인기척이 없는 정도가 아니다. 스물네 개의 테이블과 그랜드피아노, 누구네 집 수영장처럼 커다란 유화, 거기에 손님은 나 하나다. 게다가 주문은 커피와 오믈렛뿐. 흰색 상의를 입은 웨이터 두 명은 딱히 하는 일 없이 멍하니 비를 바라보고 있었다.

나는 밍밍한 오믈렛을 먹어치우고 커피를 홀짝거리며 조간신문을 읽었다. 신문은 모두 스물네 쪽이었지만 자세히 읽어볼 마음이 드는 기사는 한 건도 눈에 띄지 않았다. 혹시나 해서 맨 뒷장부터 거꾸로 한 장 한 장 넘겨봤지만 결과는 마찬가지였다. 나는 신문을 접어 테이블에 올려놓고 커피를 마셨다.

창으로는 바다가 보였다. 평소 같으면 수백 미터 앞쪽 해안선에 작은 초록빛 섬이 보일 테지만 오늘 아침은 그 윤곽조차 찾을 수 없었다. 비가 회색 하늘과 어두운 바다의 경계를 완전히 지워버렸다. 빗속에서 모든 게 흐릿하게 번졌다. 하지만 모든 게 흐릿하게 번져 보이는 것은 내가 안경을 잃어버린 탓인지도 모른다. 나는 눈을 감고 눈두덩 위로 안구를 지그시 눌렀다. 오른쪽 눈이 몹시 뻑뻑했다. 잠시 뒤 눈을 떴을 때도 비는 여전히 내렸다. 그리고 초록빛 섬은 그 뒤에 가려져 있었다.

커피포트로 두 잔째 커피를 따르고 있을 때, 한 젊은 여자가 식당으로 들어왔다. 하얀 블라우스 어깨에 얇은 파란색 카디건을 걸치고 무릎까지 오는 깔끔한 감색 스커트를 입고 있었다. 그녀가 걷자 또각또각 기분좋은 소리가 났다. 고급스러운 하이힐이 고급스러운 마룻바닥을 때리는 소리다. 그녀가 나타나자 호텔 식당이 겨우 호텔 식당다워졌다. 웨이터들도 조금 안도하는 것처럼 보였다. 나도 같은 기분이었다.

그녀는 입구에 서서 식당을 둘러보았다. 그리고 일순 당황했다. 그럴 만도 하다. 아무리 비 내리는 금요일의 리조트호텔이라지만 아침식사를 하는 손님이 한 명뿐이라는 건 너무 쓸쓸하다. 둘 중 나이가 많은 웨이터가 득달같이 그녀를 창가 자리로 안내했다. 내 테이블 건너건너 자리다.

그녀는 자리에 앉자 간단히 메뉴를 살펴보고 그레이프프루트 주스와 롤빵과 베이컨 에그와 커피를 주문했다. 선택하는 데 십오 초 정도밖에 걸리지 않았다. 베이컨은 바싹 구워주세요, 라고 그녀는 말했다. 어딘지 모르게 남을 부리는 데 익숙한 말투였다. 그런 말투라는 게 분명 존재한다.

그녀는 주문을 마치자 테이블에 턱을 괴고 나와 마찬가지로 비를 바라보았다. 마주보는 자리였기 때문에 나는 커피포트 손잡이 너머로 슬며시 그녀를 관찰할 수 있었다. 그녀는 비를 바라보고 있었지만 그녀가 정말로 비를 바라보는지 나는 잘 알 수 없었다. 그녀는 비의 저편인지 이편인지를 바라보는 것처럼 보였다. 나는 사흘 내내 비를 보고 있었기에 비를 바라보는 방식에 대해서는 상당한 전문가가 되어 있었다. 정말로 비를 바라보는 인간과 그렇지 않은 인간을 구별할 정도는 된다.

그녀는 아침치고 머리 매무새가 상당히 말쑥했다. 긴머리는 부드러워 보였고 귀 언저리에 살짝 웨이브가 들어갔다. 이마 한

가운데서 가르마를 탄 앞머리를 이따금 손가락으로 쓸었다.

군이 따지자면 마른 편이다. 키는 그리 크지 않다. 미인이라고 못 할 것도 없지만, 독특한 각도로 올라간 양쪽 입꼬리와 소복한 눈꺼풀—고집스러운 편견 같은 것이 느껴지는—은 사람마다 평가가 갈릴 것이다. 내 취향으로 보자면 딱히 나쁘지 않았다. 패션 감각이 좋고 몸놀림도 시원시원하다. 무엇보다 마음에 든 것은 비 내리는 금요일 리조트호텔 식당에서 혼자 아침식사를 하는 젊은 여자가 발산할 법한 그런 독특한 분위기가 전혀 느껴지지 않는다는 점이었다. 그녀는 지극히 평범하게 커피를 마시고 지극히 평범하게 롤빵에 버터를 바르고 지극히 평범하게 베이컨 에그를 먹었다.

나는 두 잔째 커피를 다 마시고서 냅킨을 접어 테이블 가장자리에 올려놓고 웨이터를 불러 계산서에 사인했다.

"오늘도 종일 비가 내릴 모양이네요." 웨이터가 말했다. 나를 딱하게 여긴 것이다. 사흘씩이나 비 때문에 방안에 갇혀 있는 투숙객을 보면 누구라도 딱하게 여기리라.

"그럴 것 같군요." 나는 말했다.

내가 신문을 옆에 끼고 의자에서 일어났을 때도 여자는 커피잔을 입에 댄 채 눈썹 하나 까딱하지 않고 바깥 풍경을 바라보고 있었다. 마치 나 따위는 처음부터 존재하지도 않은 듯했다.

나는 해마다 이 호텔을 찾는다. 대체로 숙박 요금이 저렴한 비수기 때다. 여름이나 연말연시 같은 성수기에는 요금이 내 수입에 비해 적잖이 사치스럽고 게다가 지하철역처럼 북적거린다. 4월이나 10월이면 두말할 것 없이 좋다. 요금은 40퍼센트쯤 떨어지고 공기도 맑고 바닷가에는 거의 인적이 없고 날마다 먹어도 질리지 않을 만큼 맛있는 신선한 굴 요리를 실컷 먹을 수 있다. 오르되브르 두 가지, 수프, 메인디시 두 가지가 모조리 굴이다.

물론 맑은 공기와 굴 요리 외에도 내가 이 호텔을 좋아하는 이유는 몇 가지 더 있다. 우선 방이 넓다. 높은 천장과 큰 창문, 널찍한 침대에 당구대만큼이나 큼직한 책상도 있다. 모든 것이 여유롭고 넉넉하다. 다시 말해 손님 대부분이 장기 투숙객이던 평화로운 시대에 그런 이들의 요구에 부응해서 만들어진 옛날식 리조트호텔이다. 전쟁이 끝나고 유한계급이라는 관념 자체가 연기처럼 허공으로 사라져버린 뒤에도 호텔만은 변함없이 묵묵하게 자리를 지켰다. 로비의 대리석 기둥, 층계참의 스테인드글라스, 식당의 샹들리에, 닳고 닳은 은식기, 거대한 괘종시계, 마호가니 수납장, 손잡이를 밀어 여닫는 창, 목욕탕의 타일 모자이크…… 나는 그런 것들이 좋았다. 앞으로 몇 년 뒤에—아마 십 년도 지나지 않아—그것들은 모조리 사라져버릴 게 틀림없다.

건물 자체의 수명도 다해가고 있었다. 엘리베이터는 덜컹덜컹 흔들리고 겨울철의 다이닝룸은 냉장고 안처럼 추웠다. 개축 시기가 다가왔다는 게 명백했다. 어느 누구도 시간을 멈출 수는 없다. 나는 다만 그 시기가 조금이라도 미뤄지기를 바랐다. 개축한 새 호텔은 방의 천장 높이가 지금처럼 4미터 20센티미터로 유지될 것 같지는 않기 때문이었다. 첫째로, 어느 누가 4미터 20센티미터 높이의 천장을 원하겠는가?

나는 여자친구를 데리고 이따금 이 호텔을 찾았다. 몇 명의 여자친구. 우리는 여기서 굴 요리를 먹고 바닷가를 산책하고 4미터 20센티미터 높이 천장 아래서 섹스를 하고 널찍한 침대에서 잠을 잤다.

내 인생 자체가 운이 좋은지 아닌지는 차치하고, 이 호텔에 관한 한 나는 운이 좋았다. 이 호텔의 지붕 아래 있는 한 우리 관계는—나와 그녀들의 관계는—순조롭게 풀렸다. 일도 잘됐다. 운은 내 편이었다. 시간은 천천히, 그러나 막힘없이 흘러갔다.

운의 양상이 바뀐 것은 얼마 전이다. 아니, 바뀐 것은 한참 전의 일인데 단지 내가 깨닫지 못한 것뿐인지도 모른다. 그런 건 원래 알 수 없다. 아무튼 운의 양상이 바뀌었다. 그건 확실했다.

우선 여자친구와 싸웠다. 그다음은 비가 내리기 시작했다. 그리고 마지막으로 안경알이 깨졌다. 이만큼이면 충분하다.

이 주 전 나는 호텔에 전화를 걸어 더블 룸을 닷새 예약했다. 첫 이틀 동안 업무를 처리하고 나머지 사흘은 여자친구와 함께 느긋하게 보낼 예정이었다. 하지만 여행을 떠나기 사흘 전에 앞서 말한 것처럼 나와 그녀는 좀 다퉜다. 대부분의 다툼이 그렇듯이 발단은 정말로 사소한 것이었다.

우리는 한 술집에서 술을 마셨다. 토요일 밤이라 사람들로 붐볐다. 우리는 서로에게 약간 짜증이 나 있었다. 우리가 들어간 영화관은 만원이었고 영화도 평판만큼 재미있지 않았다. 공기도 지독히 탁했다. 나는 업무 연락이 제대로 되지 않았고, 그녀는 생리 사흘째였다. 여러 가지가 겹쳤다. 우리 테이블 옆자리에는 이십대 중반 남녀가 앉아 있었다. 두 사람 다 몹시 취해 있었다. 여자가 급히 일어서려다가 내 여자친구의 흰색 스커트에 캄파리 소다 한 잔을 몽땅 쏟았다. 그래놓고 사과도 하지 않아서 내가 한마디했더니 동행한 남자가 나서는 바람에 말다툼이 벌어졌다. 체격은 남자가 더 컸지만 나는 맨정신이었다. 막상막하였다. 술집의 모든 손님이 우리를 보았다. 바텐더가 다가와 싸울 거면 계산을 하고 밖에 나가서 싸우라고 말했다. 우리 네 사람은 계산을 하고 밖으로 나왔다. 막상 밖으로 나오자 다들 더는 싸울 마음이 들지 않았다. 여자가 사과하고 남자가 세탁비와 택시비를 건넸다. 나는 택시를 잡아 여자친구를 그녀의 아파트까지 바래다주었다.

아파트에 도착하자 그녀는 스커트를 벗어 세면대에서 빨았다. 그동안 나는 텔레비전으로 스포츠뉴스를 보면서 냉장고에서 꺼낸 맥주를 마셨다. 위스키를 마시고 싶었지만 그건 없었다. 그녀가 샤워하는 소리가 들려왔다. 책상 위에 쿠키가 한 통 있어서 몇 개 집어먹었다.

샤워하고 나온 그녀는 목이 마르다고 말했다. 나는 맥주 하나를 더 따서 함께 마셨다. 왜 여태 겉옷을 입고 있느냐고 그녀가 말했다. 나는 겉옷을 벗고 넥타이를 풀고 양말을 벗었다. 스포츠뉴스가 끝나자 나는 채널을 달칵달칵 돌리며 영화 프로그램을 찾았다. 영화를 하는 데가 없어서 오스트레일리아의 동물에 대한 다큐멘터리를 켜두었다.

이렇게 만나는 건 싫다, 고 그녀가 말했다. 이렇게라니? 일주일에 한 번 데이트와 섹스, 또 일주일이 지나면 다시 데이트와 섹스…… 언제까지 이렇게 만날 거야?

그녀는 울었다. 나는 달랬지만 별 소용이 없었다.

다음날 점심시간에 직장으로 전화했지만 그녀는 자리에 없었다. 밤에 집으로도 전화했지만 아무도 받지 않았다. 그 다음날도 마찬가지였다. 결국 나는 포기하고 여행에 나섰다.

비는 계속 줄기차게 내렸다. 커튼과 시트, 소파, 벽지, 모든 것이 눅눅했다. 에어컨은 조절장치가 망가져 전원을 켜면 지나치게 춥고 꺼버리면 온 방이 습기로 가득해졌다. 어쩔 수 없이 창문을 반쯤 열어놓고 에어컨을 켜봤지만 별로 효과는 없었다.

나는 침대에 누워 담배를 피웠다. 일이 전혀 손에 잡히지 않았다. 이곳에 온 뒤로 글을 한 줄도 쓰지 못했다. 나는 침대에 누워 추리소설을 읽고 텔레비전을 보고 담배를 피우며 시간을 보냈다. 밖에서는 계속 비가 내렸다.

호텔방에서 그녀의 아파트로 몇 번 전화를 걸었다. 아무도 받지 않았다. 신호음만 하염없이 울렸다. 그녀도 혼자 어딘가로 가버렸는지 모른다. 혹은 전화를 일절 받지 않기로 했는지도. 수화기를 내려놓으면 주위는 언제나 괴괴했다. 천장이 높은 탓에 침묵이 공기 기둥처럼 느껴졌다.

그날 오후, 나는 아침식사 때 보았던 그 젊은 여자와 도서실에서 다시 마주쳤다.

도서실은 1층 로비에서 한참 안쪽에 있었다. 긴 복도를 지나 계단을 몇 칸 올라가면 또다시 복도로 연결된 작은 서양식 별관이 나온다. 위에서 보면 왼쪽이 팔각형의 정확히 반절, 오른쪽이 정사각형의 정확히 반절인, 약간 별난 디자인의 건물이다. 옛날에는 시간이 남아도는 장기 투숙객들에게 꽤나 사랑받았겠지만 이제는 이용하는 손님이 거의 없다. 장서가 제법 많지만 대부분 시대에 뒤떨어진 유물 같은 책들이다. 어지간히 호기심 많은 사람이 아니고는 펼쳐볼 마음도 나지 않을 것이다. 오른편의 정사각형 부분에 서가가 늘어서 있고 왼편의 팔각형 부분에 책상과 소파가 있다.

나는 곰팡내가 풍기는 서가를 삼십 분쯤 뒤지다가 한참 오래전에 읽었던 헨리 라이더 해거드의 모험소설을 찾아냈다. 낡은 영문판 하드커버로, 속표지에 기증자인 (듯한) 영국인의 이름이 적혀 있었다. 군데군데 삽화가 들어 있었다. 전에 내가 읽었던 판본의 삽화와는 사뭇 느낌이 달랐다. 책장을 훌훌 넘기고 있으려니 그녀가 도서실로 들어왔다. 안에 아무도 없다고 생각했는지 돌출창에 앉아 책을 읽는 나를 보고는 약간 놀라는 기색이었다. 내가 책에서 고개를 들고 가볍게 인사하자 그녀도 마주 인사했다. 그녀는 아침식사 때와 같은 차림이었다.

그녀가 책을 찾는 동안 나는 잠자코 책을 읽었다. 그녀는 아침때처럼 또각또각 경쾌한 구두소리를 내며 서가 사이를 이동했다. 한차례 침묵이 이어지고 다시 또각또각 구두소리가 뒤를 이었다. 서가에 가려 모습은 보이지 않지만 그녀가 마음에 드는 책을 찾지 못하고 있다는 것을 발소리로 알았다. 나는 쓴웃음을 지었다. 이 도서실에는 젊은 여자의 관심을 끌 만한 책이 한 권도 없는 것이다.

이윽고 그녀는 포기한 듯 빈손으로 서가를 떠나 내게 다가왔다. 구두소리가 내 앞에서 멈추고 옅은 오드콜로뉴 향기가 났다.

"담배 하나 줄래?" 그녀는 말했다.

나는 가슴팍 호주머니에서 담뱃갑을 꺼내 두세 번 위아래로 흔든 다음 그녀에게 내밀었다. 그녀가 한 개비 뽑아 입에 물자 라이터로 불을 붙여주었다. 그녀는 마음이 놓인다는 듯 연기를 빨아들이고 천천히 뱉어내더니 창밖으로 시선을 던졌다.

가까이서 보니 그녀는 첫인상보다 서너 살은 더 들어 보였다. 항상 안경을 쓰던 사람이 안경을 잃어버리면 대부분의 여자가 실제보다 젊게 보인다. 나는 책을 덮고 손가락으로 눈을 비볐다. 그리고 오른손 가운뎃손가락으로 안경 브리지를 밀어올리려다가 안경이 없다는 것을 깨달았다. 안경 하나만 없어져도 인간은 그만 손이 허전해진다. 우리의 일상생활은 아무 의미 없다시피 한 사소한 동작들이 모여 이루어진다.

"재미있어 보이는 책이 있던가요?" 나는 물어보았다.

"전혀." 그녀는 말했다. 그리고 입을 다문 채 조용히 미소지었다. 양쪽 입꼬리가 살짝 올라갔다. "영문 모를 책들만 잔뜩. 대체 어느 시대 책이람?"

나는 웃었다. "옛날 풍속소설이 많아요. 전쟁 전부터 1950, 60년대쯤의 책들이죠."

"누가 읽기나 할까?"

"아무도 안 읽을걸요. 읽을 만한 것도 거의 없고."

"왜 새 책을 안 갖다놓을까?"

모르겠다, 고 나는 말했다. "다들 잡지를 읽어서 아닐까요. 아니면 텔레비전 게임을 하거나. 뭐가 됐든 요즘 세상에 호텔 도서실에서 책을 빌려 읽는 사람은 아마 없을 거예요."

"그럴지도 모르겠네." 그녀는 말하고 테이블 위 재떨이에 담배를 눌러 껐다. "하지만 나는 갖고 온 책을 다 읽어버려서."

"추리소설이라도 괜찮다면 나한테 몇 권 있는데." 내가 말했다. "새로 나온 책이라서 마음에 들지 어떨지는 모르겠지만, 읽으시겠다면 빌려드리죠."

"고마워. 하지만 내일 오후에 여기를 떠날 예정이라서 다 읽지 못할 거 같은데?"

"괜찮아요. 그냥 드릴게요. 어차피 문고본이고, 짐이 될 것 같아 여기 두고 가려고 했으니까요."

"그렇다면 감사히 받아볼까." 그녀가 말했다.

항상 드는 생각인데, 남에게서 뭔가를 받는 데 익숙한 것도 위대한 재능 중 하나다.

우리는 도서실을 나와 로비로 가서 무료해 보이는 웨이터를 불러 커피 두 잔을 주문했다. 천장에선 거대한 선풍기가 실내 공기를 천천히 휘젓고 있었다. 별로 달라지는 것 없이 눅눅한 공기가 위아래로 오르내릴 뿐이었다.

나는 커피가 나오기 전에 엘리베이터로 3층 내 방에 올라가 책 두 권을 들고 내려왔다. 엘리베이터 옆에 곱게 손때가 묻은 가죽 슈트케이스 세 개가 나란히 서 있었다. 아마 새 투숙객이 오는 모양이었다.

자리로 돌아오자 웨이터가 넓적한 커피잔에 커피를 따라주었다. 나는 테이블 너머로 그녀에게 책을 건넸다. 그녀는 책을 받아 제목을 보더니 작은 소리로 "정말 고마워"라고 말했다. 그 두 권의 책이 마음에 들었는지 어떤지는 알 수 없었다.

그녀는 책을 테이블 위에 포개놓고 커피를 한 모금 마셨다. 그러고는 다시 잔을 내려놓고 그래뉼러당을 가볍게 한 스푼 넣어서 젓고 크림을 잔 가장자리에 가늘게 따랐다. 그녀의 손가락에는 반지가 하나도 보이지 않았다.

나와 그녀는 창밖을 바라보며 말없이 커피를 마셨다. 활짝 열어둔 창에서 비 냄새가 들어왔다. 소리 없는 비였다. 바람도 없다. 창밖에서 떨어지는 낙숫물에도 소리가 없었다. 비 냄새만 살며시 실내로 숨어들었다. 창밖에 늘어선 수국꽃이 말없이 6월의 비를 받아들였다.

"여기 오래 머물러?" 그녀가 내게 물었다.

"글쎄요, 닷새쯤?" 나는 말했다.

그녀는 내 대답에 아무 말도 하지 않았다. 딱히 특별한 느낌을 받지 못한 듯했다.

"도쿄에서 왔어?"

"네." 나는 말했다. "당신은?"

여자는 웃었다. 이번에는 살짝 이가 보였다. "도쿄는 아니야."

어떻게 해야 할지 나는 잘 알 수 없었다. 냉큼 커피를 마셔버리고서 잔을 받침접시에 내려놓고 싱긋 웃으며 얘기를 마무리한 뒤, 커피값을 계산하고 내 방에 올라가는 게 가장 좋은 방법 같았다. 하지만 머릿속에 자꾸 뭔가가 걸렸다. 아주 사소한 일이다. 하지만 흔히 말하듯이, 아주 사소한 일이 나중에 엄청나게 큰 의미를 갖게 되는 일도 없지 않다.

나는 커피를 마저 마신 뒤 소파 깊숙이 몸을 묻고 다리를 꼬았다. 희미한 긴장을 품은 침묵이 한동안 이어졌다. 그녀는 창밖을 바라보고 나는 그녀를 바라보았다. 정확히 말하면 그녀가 아니라 그녀의 조금 앞 공간을 바라보았다. 안경을 잃어버린 탓에 오랫동안 한곳에 초점을 맞출 수 없어서였다.

이번에는 그녀가 약간 답답했던 모양이다. 테이블 위의 내 담배를 집더니 호텔 성냥을 그어 불을 붙였다.

"맞혀봐도 될까요?" 나는 타이밍을 노려 물었다.

"맞히다니, 뭘?"

"당신에 대해서요. 어디서 왔는지, 무슨 일을 하는지…… 그런 거."

"좋아." 그녀는 아무렇지 않다는 듯 말했다. 그리고 재떨이에 담뱃재를 떨구었다. "맞혀봐."

나는 입술 앞에 깍지를 끼고 실눈을 뜨며 정신을 집중하는 척했다.

"뭔가 보여?" 장난스럽게 그녀가 물었다.

나는 그 말을 무시하고 계속 그녀를 바라보았다. 여자의 입가에 신경질적인 미소가 떠올랐다가 사라졌다.

"당신은 아까 도쿄에서 온 건 아니라고 했죠?"

"응." 그녀는 말했다. "그랬지."

"그건 거짓말이 아니에요. 하지만 그전에 쭉 도쿄에서 살았어요. 그렇지…… 한 이십 년 정도?"

"이십이 년이야." 그녀는 그렇게 말하고 성냥갑에서 성냥개비를 꺼내더니 팔을 뻗어 내 앞에 놓았다. "우선 당신이 1점." 그리고 담배를 피웠다. "재미있을 것 같아. 계속해봐."

"시간이 걸려요." 나는 말했다. "느긋하게 가자고요."

"좋아."

나는 이십 초쯤 다시 정신을 집중하는 척했다.

"당신이 지금 사는 곳은 여기서 보자면…… 서쪽이지요?"

그녀는 두 개째 성냥개비를 로마숫자 II 모양으로 놓았다.

"나쁘지 않죠?" 나는 말했다.

"훌륭해." 그녀는 감탄한 듯이 말했다. "혹시 프로?"

"어떤 의미에서는 그렇죠. 프로 비슷한 거예요." 나는 말했다. 분명 맞는 말이다. 언어에 대한 기초적인 지식과 미묘한 억양 차이를 구별해내는 귀만 있으면 이 정도는 알 수 있다. 그리고 그런 인간 관찰에 관해서라면 나도 프로라고 못 할 건 없다. 문제는 그다음이다.

나는 초보적인 것부터 시작해보기로 했다.

"독신이고요."

그녀는 왼쪽 손끝을 잠시 비빈 뒤에 손을 펼쳤다. "반지 말이구나…… 하지만 뭐, 좋아. 이걸로 3점."

내 앞에 세 개의 성냥개비가 III 모양으로 늘어섰다. 그쯤에서 나는 다시 잠깐 뜸을 들였다. 상황이 나쁘지 않다. 다만 머리가 약간 아플 뿐이다. 이것을 하다보면 항상 머리가 아파온다. 정신을 집중하는 척하기 때문이다. 우스운 얘기지만, 정신을 집중하는 척하는 것은 정말로 정신을 집중하는 것과 마찬가지로 피곤한 일이다.

"그리고?" 여자가 재촉했다.

"피아노는 어렸을 때부터 쳤나요?" 나는 말했다.

"다섯 살 때부터."

"프로 맞지요?"

"콘서트 피아니스트는 아니지만 뭐, 프로라고 할 수 있어. 반쯤은 레슨으로 먹고살다시피 하니까."

네 개째.

"어떻게 알았어?"

"프로는 수법을 밝히지 않는 법이에요."

그녀가 쿡쿡 웃었다. 나도 웃었다. 하지만 비법을 털어놓자면 아주 간단하다. 프로 피아니스트는 무의식중에 손가락을 특이하게 움직이고, 그 터치를 지켜보면—설령 아침식사 자리에서 테이블을 두드리는 동작이라 해도—프로와 아마추어쯤은 구분할 수 있다. 예전에 피아노 치는 여자와 사귄 적 있어서 그 정도는 안다.

"혼자 살죠?" 나는 말을 이었다. 근거는 없다. 그저 감이다. 한 차례 워밍업을 마치고 나면 감이 좀 잡힌다.

그녀는 입을 오므려 장난스럽게 앞으로 내밀더니 새 성냥개비를 꺼내 지금까지 놓은 네 개 위에 엇갈리게 놓았다.

빗발은 어느새 가늘어졌다. 내리는지 아닌지 찬찬히 들여다 봐야 알 수 있는 비다. 멀리서 자동차 타이어가 자갈을 짓누르는 소리가 났다. 해안도로에서 호텔 현관으로 이어지는 오르막길을 차가 올라오는 소리다. 프런트에서 대기하고 있던 보이 두 명이 그 소리를 듣고 성큼성큼 로비를 가로질러서 손님을 맞이하러 현관 밖으로 나갔다. 그중 한 명은 큼직한 검은색 우산을 들고 있었다.

이윽고 널찍한 포치에 검은색 택시가 모습을 드러냈다. 손님은 중년 남녀였다. 남자는 크림색 골프바지에 갈색 상의를 걸치고 챙이 좁은 모자를 쓰고 있었다. 넥타이는 매지 않았다. 여자는 반들거리는 소재의 연두색 원피스를 입었다. 남자는 탄탄한 체격에 피부가 햇볕에 보기 좋게 그을렸다. 여자는 하이힐을 신었는데도 남자보다 머리 하나만큼은 작았다.

보이 한 명이 택시 트렁크에서 슈트케이스 두 개와 골프백을 꺼내고 다른 한 명이 우산을 펼쳐 손님에게 받쳤다. 남자가 손을 저어 사양했다. 비는 이제 거의 그친 것 같았다. 택시가 시야에서 사라지자 새들이 기다렸다는 듯이 일제히 지저귀기 시작했다.

여자가 무슨 말을 한 것 같은 느낌이 들었다.

"실례지만 다시 한번 말해줄래요?" 나는 말했다.

"방금 저 두 사람, 부부라고 생각해?" 그녀가 다시 말했다. 나는 웃었다.

"글쎄요, 모르겠군요. 한꺼번에 여러 사람을 생각할 수는 없으니까요. 좀더 당신에 대해 생각해보고 싶어요."

"나는 뭐랄까…… 대상으로서 재미가 있을까?"

나는 등을 곧게 펴고 숨을 내쉬었다. "그렇죠, 모든 인간은 동일하게 재미있어요. 이게 원칙이죠. 하지만 원칙만으로는 설명되지 않는 부분이 있어요. 그건 동시에 내 안에서 설명되지 않는 부분이기도 하고요." 나는 뒤를 잇기 적당한 말을 찾아봤지만 결국 찾지 못했다. "뭐, 그렇다는 얘기예요. 빙빙 도는 설명 같지만."

"잘 모르겠어."

"나도 모르겠어요. 하지만 아무튼 다음으로 나가보죠."

나는 소파에서 자세를 고쳐 앉고 다시 입술 앞에 깍지를 꼈다. 여자는 아까와 똑같은 자세로 나를 보고 있었다. 내 앞에는 성냥개비 다섯 개가 반듯하게 놓여 있었다. 나는 몇 차례 심호흡을 하고 감이 돌아오기를 기다렸다. 그리 대단한 게 아니어도 좋다. 아주 작은 힌트면 충분하다.

"당신은 내내 넓은 정원이 있는 집에서 살았지요?" 나는 말했다. 이건 간단하다. 그녀의 옷차림이나 몸가짐을 보면 좋은 환경에서 자랐음을 금세 알 수 있다. 게다가 아이를 피아니스트로 키워내려면 상당한 비용이 든다. 소음 문제도 있다. 아파트 단지에 살면서 그랜드피아노를 들여놓을 수는 없다. 넓은 정원이 있는 집에서 살았다고 해도 이상할 게 없다.

하지만 내가 그 말을 마친 순간, 뭔가 이상한 반응이 왔다. 그녀의 시선이 얼어붙은 채 내게로 향했다.

"응, 분명……" 그녀는 말하다 말고 잠시 혼란에 빠졌다. "분명 넓은 정원이 있는 집에서 살았어."

키포인트는 정원에 있는 것 같았다. 나는 시험 삼아 좀더 깊숙이 들어가보기로 했다.

"정원에 대한 추억이 있지요?" 내가 말했다.

그녀는 한참 동안 말없이 제 손을 바라보았다. 아주 한참이었지만 이윽고 고개를 들었을 때는 이미 자기 페이스를 되찾은 뒤였다.

"그건 타당한 질문이 아닌 것 같은데? 누구든 정원 있는 집에 오래 살다보면 그곳에 얽힌 추억 하나쯤은 있게 마련이야. 그렇잖아?"

"하긴 그렇군요." 나는 인정했다. "그런 걸로 해두고, 이제 다른 얘기를 하죠."

나는 그대로 아무 말 없이 고개를 창밖으로 돌려 수국꽃을 바라보았다. 수국은 오래 내린 비에 선명한 색깔로 물들었다.

"미안." 그녀가 말했다. "그 얘기, 좀더 듣고 싶은데."

나는 담배를 입에 물고 성냥을 그었다. "하지만 그건 당신 문제예요. 그 얘기는 나보다 당신 자신이 훨씬 더 잘 알고 있잖아요?"

담배가 1센티미터쯤 타들어갈 동안 그녀는 침묵했다. 재가 소리 없이 테이블 위에 떨어졌다.

"당신에게는 어떤 것이…… 그러니까 어느 정도나 보여?" 여자가 말했다.

"보이는 건 전혀 없어요." 나는 말했다. "영감靈感 같은 뜻으로 말한 거라면요. 전혀 보이지 않아요. 정확히 말하자면 느낄 뿐이죠. 어둠 속에서 뭔가를 걷어차는 것과 마찬가지예요. 거기에 뭔가 있다는 건 알아요. 하지만 그것이 어떤 모양이고 어떤 색깔인지까지는 모르죠."

"하지만 아까 프로라고 했잖아."

"글을 쓰고 있어요. 인터뷰 기사나 르포 같은 거. 그리 대단한 글은 아니지만 그래도 인간을 관찰하는 게 내 일이죠."

"그렇구나." 그녀는 말했다.

"그런 걸로 해두고, 이제 그만하죠. 비도 그친 것 같고 비법도 다 털어놓았고. 맥주라도 마시는 게 어때요?"

"하지만 왜 정원이 튀어나왔지?" 그녀는 말했다. "그거 말고도 얼마든지 떠오르는 게 있었을 거야. 그렇잖아? 왜 정원이었지?"

"우연이에요. 이럭저럭하다보면 어쩌다 덜컥 진짜를 맞닥뜨릴 때가 있어요. 마음이 상했다면 사과할게요."

그녀는 미소지었다. "됐어. 맥주 마시자."

나는 웨이터에게 신호를 보내 맥주 두 병을 주문했다. 테이블 위의 커피잔과 슈거포트가 치워지고 재떨이가 새것으로 바뀐 뒤 맥주가 나왔다. 유리잔은 차가웠고 둘레에 하얗게 성에가 끼어 있었다. 차가운 맥주를 마시자 목덜미 뒤쪽 우묵한 곳이 바늘로 찌르듯 아팠다.

"당신은 자주…… 이런 게임을 해?" 여자가 물었다. "아, 게임이라고 해도 되나?"

"게임이죠." 나는 말했다. "어쩌다 한 번씩만 해요. 이래 봬도 상당히 피곤한 일이라서."

"왜 하는 거야? 본인의 능력을 확인하기 위해서?"

나는 어깨를 으쓱했다. "아니, 이건 능력이라고 할 만한 게 아니에요. 어떤 영감에 이끌리는 것도 아니고, 보편적인 진실을 말하는 것도 아니니까. 눈에 보이는 사실을 사실대로 말할 뿐이죠. 그 이상의 뭔가가 있다고 해도 그건 능력이라고 할 만한 게 못 돼요. 아까도 말했듯이 어둠 속에서 모호하게 느껴지는 것을 모호한 언어로 바꾸는 것뿐이에요. 그냥 게임이죠. 능력하고는 아예 달라요."

"하지만 상대가 단순한 게임이라고 느끼지 않는다면?"

"즉 내가 무의식중에 상대의 마음속에서 불필요한 뭔가를 끄집어냈다면, 그런 뜻인가요?"

"말하자면 그런 거겠지?"

나는 맥주를 마시며 그 점에 대해 생각해보았다.

"그런 일이 일어날 것 같지는 않군요." 나는 말했다. "게다가 만일 일어난다 해도 특수한 상황이라고 할 수는 없겠죠. 그건 모든 인간관계에서 일상적으로 일어나는 일이에요. 아닌가요?"

"맞아." 그녀는 말했다. "정말 그럴지도 모르겠네."

우리는 말없이 맥주를 마셨다. 슬슬 일어나야 할 때였다. 나는 몹시 피곤했고 두통도 점점 심해지고 있었다.

"방에 돌아가 잠시 누워야겠어요." 내가 말했다. "어쩐지 난 항상 쓸데없는 소리를 하는 것 같아요. 그래서 매번 후회하죠."

"괜찮아. 신경쓰지 마. 무척 즐거웠어."

나는 고개를 끄덕이고 자리에서 일어나 테이블 가장자리의 계산서를 집으려고 했다. 그녀가 재빨리 손을 내밀어 내 손 위에 얹었다. 매끈한 감촉의 긴 손가락이었다. 차갑지도 않고 따뜻하지도 않았다.

"내가 내면 안 될까?" 여자가 말했다. "당신을 피곤하게 만든 것 같고, 책도 받았고."

나는 좀 망설이며 다시 한번 그녀의 손가락 감촉을 확인했다.

"그럼 감사히." 내가 말했다. 그녀는 가볍게 손을 들었다. 나는 인사를 건넸다. 테이블의 내 자리 앞에는 아직 성냥개비 다섯 개가 반듯하게 놓여 있었다.

그대로 엘리베이터 쪽으로 가려던 참에 한순간 뭔가가 나를 붙잡았다. 그녀에게서 가장 먼저 느꼈던 그 뭔가였다. 아직 그것을 말끔히 해결하지 못한 것이다. 나는 걸음을 멈춘 채 잠시 망설였다. 그리고 결국 그것을 처리하기로 했다. 다시 테이블로 돌아가 그녀 옆에 섰다.

"마지막으로 한 가지 물어봐도 될까요?" 내가 말했다.

그녀는 조금 놀란 듯 나를 올려다보았다. "응, 좋아. 뭔데?"

"당신은 왜 항상 당신 오른손을 바라보나요?"

그녀는 반사적으로 오른손에 시선을 던졌다. 그러더니 바로 내 얼굴을 올려다보았다. 그녀의 얼굴에서 표정이 미끄러져내리듯 사라졌다. 한순간 모든 것이 정지했다. 그녀의 오른손은 손등이 위로 보이도록 테이블에 놓인 채였다. 침묵이 바늘처럼 날카롭게 나를 찔렀다.

그녀는 그대로 나를 빤히 바라보았지만 이윽고 고개를 돌려 테이블 위로 시선을 던졌다. 테이블 위에는 빈 맥주잔과 그녀의 손이 있었다. 그녀는 명백히 내가 사라져주기를 바라는 듯 보였다.

*

눈을 떴을 때 베갯머리의 시계는 여섯시를 가리키고 있었다. 에어컨이 제대로 돌아가지 않는데다 묘하게 생생한 꿈까지 꿔서 온몸이 흠뻑 젖도록 땀을 흘렸다. 의식이 깨어난 뒤부터 팔다리가 제대로 움직이기까지 꽤 긴 시간이 걸렸다. 미적지근하게 축축해진 시트 위에 물고기처럼 드러누운 채 나는 창밖의 하늘을 보았다. 비는 완전히 그쳤고 하늘을 뒤덮은 엷은 회색 구름이 군데군데 갈라지기 시작했다. 구름은 바람에 쓸려가고 있었다. 갈라진 틈이 미묘하게 모양을 바꾸며 천천히 창틀을 가로질러갔다. 바람은 남서쪽에서 불어오고 있었다. 그리고 구름이 이동함에 따라 하늘의 푸른색이 급격히 넓어졌다. 가만히 하늘을 바라보는 사이 색이 번지기 시작해서 그만 눈길을 뗐다. 아무튼 날씨는 좋아지고 있는 것이다.

베개 위에서 고개를 돌려 다시 한번 시간을 확인했다. 여섯시 십오분. 하지만 저녁 여섯시 십오분인지 아침 여섯시 십오분인지는 알 수 없었다. 저녁인 듯도 했고 아침인 듯도 했다. 텔레비전을 켜보면 어느 쪽인지 알 수 있겠지만 굳이 텔레비전 앞까지 갈 마음이 나지 않았다.

아마 저녁일 거라고 일단 판단했다. 침대에 든 게 세시쯤인데 열다섯 시간이나 잔다는 건 여간해선 있을 수 없는 일이기 때문이다. 하지만 그 판단은 아마 그러리라는 추측일 뿐이었다. 내가 열다섯 시간을 자지 않았다는 확증은 하나도 없다. 아니, 스물일곱 시간을 자지 않았다는 확증조차 없는 것이다. 그렇게 생각하니 지독히 슬픈 기분이 들었다.

문밖에서 누군가의 말소리가 들려왔다. 누군가가 누군가에게 불평하는 듯한 말투였다. 시간은 무서울 정도로 느리게 흘렀다. 뭔가를 생각하는 데 필요 이상으로 시간이 걸렸다. 목이 심하게 말랐지만 그 사실을 깨닫기까지 한참이 걸렸다. 나는 힘을 쥐어짜 침대에서 일어나서 주전자의 차가운 물을 연거푸 세 잔 마셨다. 반잔 정도는 가슴팍을 타고 바닥에 흘러 회색 카펫을 검게 물들였다. 차가운 기운이 머릿속 중심에 가닿아 얼룩처럼 퍼졌다. 그리고 나는 담배를 피웠다.

창밖에 시선을 던지자 구름의 그림자가 아까보다 얼마간 짙어진 것 같았다. 역시 저녁이다. 저녁이 아닐 리가 없다.

다 벗고 담배를 입에 문 채 욕실로 들어가 샤워 꼭지를 틀었다. 뜨거운 물이 소리를 내며 욕조 바닥을 내리쳤다. 오래된 욕조에는 군데군데 금이 가 있었다. 금속 부분은 하나같이 누렇게 색이 변했다.

물 온도를 조절하고 욕조 가장자리에 앉아 딱히 하는 것 없이 배수구로 빨려드는 물을 바라보았다. 이윽고 담배가 짤막해져서 물속에 담가 껐다. 몸이 지독히 나른했다.

그래도 샤워를 하고 머리를 감고 그 참에 면도까지 해버리고 나자 약간 기분이 나아졌다. 창을 열어 바깥공기를 들이고 물을 한 잔 더 마시고 머리를 말리며 텔레비전 뉴스를 보았다. 역시 저녁이었다. 틀림없다. 아무리 그래도 열다섯 시간이나 잘 리는 없는 것이다.

저녁식사를 하러 식당에 가보니 테이블 네 개가 차 있었다. 아까 도착한 중년 남녀의 모습도 보였다. 나머지 세 테이블은 단정하게 넥타이를 매고 양복을 차려입은 초로의 남자들이 차지했다. 멀리서 보기에는 모두 비슷비슷하게 차림새가 세련되고 비슷비슷하게 나이를 먹었다. 변호사나 의사 모임 같은 분위기다. 이 호텔에서 단체객을 보기는 처음이었다. 어찌됐건 그들 덕분에 식당은 겨우 본래의 활기를 되찾고 있었다.

아침때와 똑같은 창가 자리에 앉아 메뉴를 보기 전에 우선 스카치위스키 스트레이트를 주문했다. 위스키를 홀짝이다보니 머리가 아주 조금 맑아졌다. 기억의 조각이 하나하나 합당한 자리에 채워져갔다. 사흘 내내 비가 내렸고, 아침부터 지금까지 오믈렛 한 접시 먹은 게 다고, 도서실에서 여자를 마주쳤고, 안경알이 깨져버렸고……

나는 위스키 잔을 비운 뒤 대충 메뉴를 훑어보고 수프와 샐러드와 생선요리를 주문했다. 여전히 식욕이 없었지만 하루종일 오믈렛 한 접시로 때울 수는 없는 노릇이다. 주문을 마치고 시원한 물로 입속의 위스키 냄새를 지우면서 다시 한번 식당을 둘러보았다. 역시 여자의 모습은 없었다. 나는 적잖이 안도했고 동시에 적잖이 실망했다.

그리고 도쿄에 남겨두고 온 여자친구에 대해 생각했다. 그녀와 사귄 게 몇 년째인지 계산해보았다. 이 년 삼 개월이었다. 나는 한숨을 쉬었다. 그리고 테이블 위로 손을 내밀어 가만히 바라보았다. 이 년 삼 개월이라.

그녀는 헤어지고 싶다고 할지도 모른다. 틀림없이 그렇게 말할 것이다. 그러면 나는 어떻게 대답해야 할까. 나는 네가 마음에 들고 헤어질 이유가 전혀 없다, 고 하면 될까? 아니, 그건 아무리 생각해도 바보 같은 소리다. 마음에 든다, 는 말에는 정말로 아무런 의미도 없는 것이다. 그런 말로 나는 아무것도 해결할 수 없다.

해가 완전히 저물고 창문 아래로 어두운 색의 헝겊 같은 바다가 펼쳐졌다. 구름이 띄엄띄엄해지고 달빛이 모래사장과 하얗게 부서지는 파도를 비췄다. 먼바다 쪽에서 선박의 노란 불빛이 부옇게 번졌다. 세련된 차림새의 남자들은 테이블마다 와인병을 기울이며 이야기를 나누고 큰 소리로 웃었다. 나는 말없이 혼자 생선을 먹었다. 식사를 마치자 생선 머리와 뼈만 남았다. 크림소스를 빵으로 닦아 깨끗이 먹었다. 나이프로 생선 머리와 뼈를 떼어냈다. 그리고 하얗게 빈 접시에 그 머리와 뼈를 나란히 놓았다. 딱히 무슨 의미는 없다. 그렇게 해보고 싶었을 뿐이다.

이윽고 접시가 치워지고 커피가 나왔다.

객실 문을 열자 바닥으로 종이쪽지가 떨어졌다. 어깨로 문을 지탱한 채 몸을 웅크려 그 쪽지를 주웠다. 호텔 마크가 찍힌 연둣빛 메모지에 검은색 볼펜으로 자잘한 글씨가 적혀 있었다. 나는 문을 닫고 소파에 앉아 담배에 불을 붙이고서 메모를 읽었다.

낮에는 미안했어. 비도 그쳤고, 시간 때울 겸 산책이라도 할까? 괜찮다면 아홉시에 풀장에서 기다릴게.

나는 물을 한 잔 마시고 다시 메모를 읽었다. 똑같은 내용이었다.

풀장?

이 호텔 풀장이라면 잘 알고 있었다. 뒤편 언덕 위에 있다. 수

영을 한 적은 없지만 몇 번 가보기는 했다. 꽤 넓고 삼면이 나무로 둘러싸였다. 나머지 한쪽으로는 바다가 내려다보인다. 그리고 적어도 내가 아는 한, 그곳은 산책에 적합한 장소가 아니다. 산책을 하고 싶다면 바닷가를 따라가는 좋은 길이 얼마든지 있다.

시계는 여덟시 이십분을 가리키고 있었다. 하지만 어찌됐건 그리 고민할 일도 아니었다. 누군가 나를 만나고 싶어한다. 그럼 만나면 된다. 그리고 그 장소가 호텔 풀장이라면 거기로 가면 된다. 내일이면 나는 이미 이곳에 없는 것이다.

나는 프런트에 전화를 걸어, 볼일이 생겨서 내일 돌아가겠다, 나머지 하루는 예약을 취소해달라고 말했다. 알겠다고 상대는 말했다. 문제는 아무것도 없었다. 그런 뒤 나는 옷장과 수납장에서 옷을 꺼내 단정히 개켜서 슈트케이스에 챙겨넣었다. 올 때보다 책 두 권만큼 부피가 줄었다. 여덟시 사십분이었다.

엘리베이터로 로비에 내려가 현관 밖으로 나왔다. 조용한 밤이었다. 파도소리 말고는 아무 소리도 들려오지 않았다. 눅눅한 냄새가 어린 남서풍이 불었다. 뒤쪽을 올려다보니 호텔 건물의 몇몇 창문에 노란 전등이 켜져 있었다.

스포츠셔츠 소매를 팔꿈치까지 걷어올리고 바지 호주머니에 두 손을 찌른 채 나는 뒤편 언덕을 향해 작은 자갈이 깔린 완만한 비탈길을 올라갔다. 무릎 높이로 자란 정원수가 길을 따라 쭉 이어졌다. 거대한 느티나무가 초여름의 싱싱한 잎사귀를 하늘 가득 펼쳐놓고 있었다.

온실 모퉁이를 왼편으로 돌아들면 돌계단이 나온다. 상당히 길고 가파른 계단이다. 서른 칸쯤 올라가면 풀장이 있는 언덕 위로 나선다. 여덟시 오십분, 여자의 모습은 없었다. 나는 크게 숨을 내쉬고서 벽에 기대놓은 데크 체어를 펼쳐 젖지 않은 것을 확인하고 앉았다.

풀장 조명은 꺼져 있었지만 언덕 중턱의 수은등과 달빛 덕분에 어둡지는 않았다. 다이빙대가 있고 감시대가 있고 라커룸과 음료 판매대, 선탠하는 사람들을 위한 잔디밭이 있었다. 감시대 옆에는 코스로프와 킥판이 쌓여 있다. 성수기까지는 아직 기간이 남았지만 풀장에는 물이 가득차 있었다. 아마 점검이라도 하는 것이리라. 수은등과 달빛이 반씩 섞인 빛이 넓은 풀장 수면을 기묘한 색깔로 물들였다. 한가운데쯤 죽은 나방과 느티나무 잎사귀가 둥둥 떠 있었다.

덥지도 춥지도 않고, 미풍이 나뭇잎을 살랑살랑 흔들었다. 비를 담뿍 빨아들인 초록 나무들이 주위에 향기를 풍겼다. 분명 기분좋은 밤이었다. 나는 데크 체어 등받이를 거의 수평으로 눕히고 벌렁 드러누워서 달을 바라보며 담배를 피웠다.

여자가 온 것은 시곗바늘이 아홉시에서 십 분쯤 지났을 즈음이었다. 그녀는 하얀 샌들을 신고 몸에 딱 맞는 민소매 원피스를 입고 있었다. 원피스는 회색이 감도는 파란색에, 가까이서 보지 않으면 알 수 없을 만큼 가느다란 핑크색 선으로 체크무늬가 들어가 있었다. 그녀는 풀장 입구 반대쪽 나무 사이에서 나타났다. 입구 쪽만 주시하고 있었던 나는 시야 귀퉁이에 그녀가 나타난 뒤에도 한동안 알아차리지 못했다. 그녀는 풀장의 긴 변을 따라 천천히 내 쪽으로 걸어왔다.

"미안해." 그녀는 말했다. "한참 전에 왔는데 저쪽을 돌아다니다가 길을 잃었지 뭐야. 그 바람에 스타킹이 나갔어."

그녀는 내 옆에 역시 데크 체어를 펼치고 앉더니 오른쪽 종아리를 보였다. 종아리 한가운데쯤에 세로로 15센티미터 정도 올이 풀려 있었다. 그녀가 앞으로 몸을 숙이자 깊게 파인 옷깃 사이로 하얀 젖무덤이 보였다.

"아까는 실례가 많았어요." 나는 사과했다. "무슨 나쁜 뜻이 있었던 건 아니에요."

"아, 그거? 그건 이제 됐어. 잊어버려. 별일도 아니고."

여자는 그렇게 말하더니 손바닥을 위로 향한 채 양손을 무릎 위에 얹었다. "정말 기분좋은 밤이지?"

"그렇네요." 나는 말했다.

"나는 아무도 없는 풀장이 좋아. 조용하고, 모든 것이 멈춰 있고, 어딘지 모르게 무기질적이고…… 당신은?"

나는 풀장 수면을 가로지르는 잔물결을 바라보았다. "그렇죠. 하지만 내 눈엔 왠지 죽은 사람처럼 보이는군요. 달빛 때문인가."

"시체를 본 적 있어?"

"있어요. 익사체였죠."

"어떤 느낌?"

"인적 없는 풀장 같은 느낌."

그녀가 웃었다. 웃으니 두 눈꼬리에 주름이 졌다.

"아주 오래전 얘기예요." 내가 말했다. "어렸을 때죠. 파도에 밀려 바닷가에 올라온 시체였어요. 익사체치고는 깨끗한 편이었는데."

그녀는 손가락으로 가르마를 만지작거렸다. 목욕을 했는지 머리카락에서 린스 냄새가 났다. 나는 데크 체어 등받이를 그녀와 같은 높이로 올렸다.

"저기, 개 길러본 적 있어?" 여자가 물었다.

나는 조금 놀라 여자의 얼굴을 바라보았다. 그리고 다시 풀장으로 시선을 돌렸다. "아뇨, 없는데요."

"한 번도?"

"한 번도 없어요."

"개를 싫어해?"

"귀찮아서요. 산책을 시켜줘야 하고 놀아줘야 하고 밥도 챙겨줘야 하고, 그런 것들이. 딱히 개를 싫어하는 건 아니에요. 그냥 귀찮을 뿐이지."

"귀찮은 게 싫은 모양이네?"

"그런 식으로 귀찮은 건 싫어요."

그녀는 말없이 뭔가 생각하는 것 같았다. 나도 입을 다물었다. 풀장에 떠 있는 느티나무 잎사귀가 바람결에 천천히 움직였다.

"옛날에 몰티즈를 키웠어." 그녀는 말했다. "어렸을 때. 아버지를 졸라서 샀어. 외동딸인데다 말수가 적어 친구가 없어서 함께 어울릴 상대가 있었으면 했거든. 당신은 형제 있어?"

"형이 있어요."

"형제가 있으면 좋아?"

"글쎄요, 벌써 칠 년째 만나지 못했어요."

그녀는 어딘가에서 담배를 꺼내 한 개비 피웠다. 그리고 몰티즈 얘기를 계속했다.

"아무튼 개를 돌보는 건 전부 내 몫이었어. 여덟 살 때 얘기야. 밥 챙겨주고, 화장실 뒤처리를 해주고, 산책시키고, 예방주사 맞히러 가거나 벼룩 잡는 가루약을 뿌려주는 것까지 다 내가 했지. 하루도 빠뜨리지 않았어. 침대에서 같이 자고 목욕도 같이 하고…… 그렇게 팔 년을 함께 살았어. 우린 정말로 사이가 좋았어. 나는 개가 어떤 생각을 하는지 알았고 개도 내가 어떤 생각을 하는지 알았어. 이를테면 아침에 '오늘은 아이스크림 사다줄게'라고 말하고 나오면, 그날 저녁에는 틀림없이 집에서 100미터쯤 마중나와서 나를 기다리고 있는 거야. 그리고……"

"개가 아이스크림을 먹어요?" 나는 저도 모르게 되물었다.

"그럼, 물론이지." 그녀는 말했다. "아이스크림을 왜 안 먹겠어?"

"그렇군요." 나는 말했다.

"그리고 내가 슬퍼하거나 풀이 죽어 있을 때면 항상 달래줬어. 이런저런 재주를 부리면서 말이야. 이해되지? 우린 정말로 사이가 좋았어. 정말, 정말로 말이야. 그래서 팔 년 뒤에 개가 죽었을 때 난 어찌할 바를 몰랐어. 앞으로 어떻게 살아가야 할까. 그건 아마 개도 마찬가지였을 거야. 만일 반대로 내가 먼저 죽었다면 나하고 똑같은 생각을 했겠지."

"사인이 뭐였어요?"

"장폐색. 털 뭉치로 장이 막혔어. 그것 때문에 배만 불룩하고 다른 데는 앙상해져서 죽었어. 사흘 동안 괴로워했지."

"의사에게 치료는 받았어요?"

"물론이야. 하지만 때가 늦었어. 이미 늦었다는 걸 알고 집에 데려와 내 무릎 위에서 숨을 거두게 해줬어. 죽을 때도 내내 내 눈을 봤어. 죽은 뒤에도…… 그랬고."

그녀는 눈에 보이지 않는 개를 살며시 안아주듯이 무릎에 놓인 손을 약간 오므렸다.

"죽은 지 네 시간쯤 지나자 경직이 시작됐어. 몸에서 점점 온기가 사라지고, 마지막에는 돌처럼 딱딱해져서…… 그걸로 끝이었지."

그녀는 무릎 위의 손을 바라보며 한동안 침묵했다. 나는 이야기가 어디로 흘러가려는지 짐작하지 못한 채 여전히 풀장의 수면만 보고 있었다.

"시체는 정원에 묻기로 했어." 그녀가 말을 이었다. "정원 한 귀퉁이 황매화나무 옆에. 아버지가 구덩이를 파줬어. 5월 어느 날 밤이었지. 그렇게 깊이는 아니고, 70센티미터쯤? 내가 가장 아끼던 스웨터로 개를 감싸서 나무상자에 넣었어. 위스키 상자였나. 그 안에 이것저것 같이 넣어줬어. 나와 함께 찍은 사진이랑 사료랑 내 손수건, 항상 갖고 놀던 테니스공에 내 머리카락도 넣었어. 그리고 예금통장도."

"예금통장?"

"응, 은행 예금통장. 어렸을 때부터 저금한 건데, 한 3만 엔쯤 들어 있었나? 개가 죽은 게 너무 슬퍼서 이제 돈이고 뭐고 필요 없을 것 같았어. 그래서 함께 묻어버렸지. 그리고 어쩌면 예금통장을 함께 묻어서 내 슬픔을 분명하게 확인하고 싶은 생각도 있지 않았을까 해. 만일 화장을 했다면 같이 불태웠을 거야. 그편이 더 좋았을 텐데."

그녀는 손끝으로 눈가를 비볐다.

"그러고 일 년쯤은 별일 없이 지나갔어. 몹시 외로웠고 가슴속에 구멍이 뻥 뚫린 기분이었지만 그래도 그럭저럭 살아갔어. 그야 그렇지, 아무리 그래도 개가 죽었다고 자살하는 사람은 없잖아.

결국 그건 내게 하나의 전환기였어. 뭐랄까, 집에만 틀어박혀 있던 말없는 소녀가 바깥세상에 눈을 떠가는 시기였던 거야. 그러니까 개의 죽음은 지금 돌이켜보면 어떤 의미에서 상징적인 사건이었지."

나는 데크 체어에 앉은 채 몸을 쭉 펴고 하늘을 올려다보았다. 별이 몇 개 보였다. 내일은 날씨가 좋을 것 같다.

"이런 얘기, 지루하지?" 그녀가 말했다. "옛날 옛적 어느 곳에 말없는 소녀가 살고 있었습니다, 뭐 그런 얘기."

"지루하지 않아요." 나는 말했다. "그냥 맥주를 마시고 싶을 뿐이죠."

그녀는 웃었다. 그리고 등받이에 기댄 머리를 내게 돌렸다. 나와 그녀 사이의 거리는 20센티미터 정도밖에 되지 않았다. 그녀가 깊이 숨을 쉴 때마다 데크 체어 안에서 모양새 좋은 젖무덤이 위아래로 흔들렸다. 나는 다시 풀장을 바라보았다. 그녀는 잠시 아무 말 없이 나를 보고 있었다.

"아무튼 그렇게 해서," 그녀는 이야기를 계속했다. "나는 조금씩 바깥세상에 적응해갔어. 물론 처음부터 잘되진 않았지만 조금씩 친구도 생기고 학교 가는 것도 전처럼 고통스럽지는 않아졌어. 하지만 그게 개를 잃었기 때문인지, 아니면 개가 살아 있었어도 결국 그렇게 되었을지, 그건 아무도 모르는 일이겠지. 몇 번 생각해봤는데 결국 답은 알 수 없었어.

그러다 열일곱 살 때 좀 고민되는 일이 생겼어. 자세히 얘기하면 너무 길어지는데, 아무튼 나하고 가장 친했던 친구 일이야. 간단히 말하면 그애 아버지가 무슨 문제를 일으켜서 회사에서 해고당했고, 그래서 수업료를 못 내게 됐다고 그애가 내게 털어놓은 거야. 우리 학교는 사립 여고라서 수업료가 상당히 비쌌고, 게다가 그거 알지? 여학교에서 친구에게 비밀 얘기를 들었다면 '아, 그래?'라고 덜렁 넘어갈 상황은 아닌 거잖아. 꼭 그런 이유가 아니더라도 나 역시 그애가 너무 딱해서 얼마라도 마련해주고 싶었어. 하지만 가진 돈이 없었지. ……그래서, 내가 어떻게 했을 거 같아?"

"예금통장을 다시 파냈군요?" 나는 말했다.

그녀는 어깨를 으쓱했다. "어쩔 수 없었어. 나도 많이 망설였어. 하지만 생각하면 할수록 그렇게 해야 되겠다 싶었어. 그렇잖아? 한쪽에는 정말 곤경에 처한 친구가 있고, 다른 한쪽에는 죽은 개가 있다. 죽은 개한테 돈 같은 건 필요 없다. 당신이라면 이럴 때 어떻게 했을까?"

알 수 없었다. 내게는 곤경에 처한 친구도 없을뿐더러 죽은 개도 없다. 나는 모르겠다고 말했다.

"그래서…… 혼자 파냈어요?"

"응, 나 혼자 했어. 가족에게는 그런 말을 할 수 없었지. 부모님은 내가 예금통장을 함께 묻었다는 것도 몰랐으니까, 다시 파내겠다고 하려면 우선 그것부터 설명해야 하는데…… 무슨 말인지 알겠지?"

알겠네요, 라고 나는 말했다.

"부모님이 외출한 틈에 창고에서 삽을 가져와 나 혼자 땅을 팠어. 비가 온 뒤라 땅이 물러서 별로 힘은 들지 않았지. 한……십오 분쯤이었나? 그쯤 팠더니 삽 끝이 나무상자에 닿았어. 상자가 생각보다 헐지 않았더라. 꼭 일주일 전에 묻은 상자 같았어. 개를 파묻은 게 엄청 옛날 일처럼 느껴졌었는데…… 이상할 정도로 나무가 하얘서, 정말 방금 묻은 것처럼 보였어. 나는 일 년만 지나도 새까매질 줄 알았거든. 그래서…… 좀 놀랐어. 이상하지 않아? 딱히 어떻든 상관없는 일인데 그런 작은 차이를 언제까지고 기억하고 있다니. 아무튼 그러고는 장도리를 가져다…… 뚜껑을 열었어."

나는 그다음 이야기를 기다렸지만 이야기는 끊겨버렸다. 그녀는 턱을 조금 앞으로 내민 채 침묵했다.

"그러고는 어떻게 했죠?" 내가 재촉했다.

"뚜껑을 열고, 예금통장을 꺼내고, 다시 뚜껑을 닫고, 구덩이를 메웠어." 그녀는 말했다. 그리고 다시 침묵에 잠겼다. 아득한 침묵이 한참 이어졌다.

"어떤 느낌이었어요?" 내가 물었다.

"잔뜩 흐린 6월의 어느 날 오후였고, 간간이 빗방울이 후드득 떨어졌어." 그녀는 말했다. "집안도 정원도 엄청 괴괴하고, 오후 세시를 막 넘어선 참인데 벌써 저녁 같았어. 빛이 짧고 부예서 거리를 제대로 파악할 수 없었어. 뚜껑의 못을 하나씩 뽑아낼 때 집안에서 전화벨이 울렸던 게 기억나. 벨이 몇 번이고 몇 번이고 몇 번이고 몇 번이고—아마 스무 번쯤 울렸을 거야. 스무 번이나 전화벨이 울렸다고. 마치 누군가가 기나긴 복도를 느릿느릿 걸어가는 것 같은 벨 소리였어. 한 모퉁이에서 나타나 또다른 모통이로 사라져가는 것 같은."

침묵.

"뚜껑을 열었더니 개의 얼굴이 보였어. 안 볼 도리가 없었어. 묻을 때 개를 감싸주었던 스웨터가 벗겨졌는지 앞다리랑 머리가 삐죽이 나와 있었거든. 옆으로 누워 있어서 코와 이빨과 귀 같은 게 보였어. 그리고 사진이며 테니스공이며 머리카락이며…… 그런 것들도."

침묵.

"그때 가장 놀란 건 전혀 겁이 나지 않는다는 사실이었어. 이유는 모르겠지만 하나도 무섭지 않았어. 만일 그때 내가 조금이라도 무서워했다면 훨씬 마음이 편했을 거라는 생각이 들어. 꼭 무서워하지 않더라도, 괴롭다든가 슬프다든가, 하다못해 그런 거라도 말이야. 그런데…… 아무것도 없는 거야. 아무 감정도 없었어. 마치 우편함에 가서 신문을 가져오는 그런 느낌. 정말로, 내가 정말로 그런 짓을 했는지 어떤지조차 아리송해. 아마 너무 많은 걸 또렷하게 기억하고 있어서일 거야. 그런데 딱 한 가지, 냄새만은 언제까지고 남았어."

"냄새?"

"통장에 냄새가 배어 있었어. 뭐라고 표현해야 할지 잘 모르겠어. 아무튼…… 냄새야. 냄새. 그걸 만졌더니 내 손에도 냄새가 밴 거야. 아무리 손을 씻어도 그 냄새는 지워지지 않았어. 아무리 씻어도 소용없다고. 뼛속까지 냄새가 밴 거지. 지금도…… 그래…… 그런 얘기야."

그녀는 오른손을 눈높이까지 들어올려 달빛에 비춰보았다.

"결국," 그녀는 말을 이었다. "다 헛일이었어. 아무 쓸모도 없었지. 통장에 냄새가 너무 깊이 배서 은행에 가져가지도 못하고 태워버렸거든. 그걸로 끝."

나는 한숨을 내쉬었다. 뭐라고 감상을 말해야 할지 알 수 없었다. 우리는 말없이 각자 다른 방향을 바라보고 있었다.

"그래서," 내가 말했다. "그 친구는 어떻게 됐죠?"

"학교를 그만두지는 않았어. 사실 그렇게까지 돈이 궁하지는 않았던 거야. 여자애들이란 원래 그래. 자기 처지를 지나치게 비극적으로 생각하지. 참 어이없는 얘기야." 그녀는 새 담배에 불을 붙이고 나를 돌아보았다. "이런 얘기는 이제 그만하자. 이 얘기 한 거 당신이 처음이야. 앞으로도 할 일 없을 거야. 여기저기 말하고 다닐 만한 일도 아니고."

"얘기하니까 조금은 마음이 편안해졌어요?"

"그래." 그녀는 미소지으며 말했다. "꽤 편안해진 것 같네."

나는 무척 오랫동안 망설였다. 몇 번이나 그 말을 하려다가 마음을 접었다. 그리고 또다시 망설였다. 이렇게 망설인 것은 오랜만이었다. 그러는 사이 계속 데크 체어 팔걸이를 손끝으로 톡톡 두드렸다. 담배를 피우려고 했지만 담뱃갑은 이미 비어 있었다. 그녀는 팔걸이에 팔꿈치를 괴고 내내 먼 곳을 바라보았다.

"한 가지, 부탁이 있는데." 나는 큰마음 먹고 말을 꺼냈다. "혹시 기분 나쁘다면 미리 사과할게요. 그냥 잊어버리세요. 하지만 왠지…… 이러는 게 좋을 것 같아서요. 뭐라고 잘 설명할 수는 없지만."

그녀는 턱을 괸 채 나를 돌아보았다. "괜찮아. 말해봐. 마음에 안 들면 얼른 잊어버릴 테니까. 당신도 얼른 잊어주고— 그러면 되지?"

나는 고개를 끄덕였다. "당신 손 냄새를 맡아보게 해줄래요?"

그녀는 멍한 눈으로 나를 보았다. 계속 턱을 괸 채였다. 그리고 몇 초쯤 눈을 감더니, 손가락으로 눈두덩을 비볐다.

"좋아." 그녀가 말했다. "여기." 그러고서 턱을 괴고 있던 손을 내 앞에 내밀었다.

나는 그녀의 손을 잡고 마치 손금을 보듯이 손바닥을 내 쪽으로 돌렸다. 그녀는 손에서 완전히 힘을 빼고 있었다. 긴 손가락이 지극히 자연스럽게 안쪽으로 살짝 굽었다. 그녀의 손에 내 손을 포개고 있으려니 내가 열예닐곱 살이던 시절의 일들이 떠올랐다. 나는 몸을 숙여 그녀의 손바닥에 아주 살짝 코끝을 댔다.

호텔에 비치된 비누 냄새가 났다. 나는 잠시 그녀 손의 무게를 확인하고서 살며시 원피스 무릎 위에 돌려놓았다.

"어때?" 그녀가 물었다.

"비누 냄새만 나요." 나는 말했다.

*

그녀와 헤어진 뒤 나는 방으로 돌아와 여자친구에게 다시 한 번 전화를 걸었다. 그녀는 받지 않았다. 신호음만 내 손안에서 몇 번이고 몇 번이고 몇 번이고 울렸다. 여태까지와 똑같았다. 하지만 그래도 상관없었다. 나는 몇백 킬로미터 너머로 몇 번이고 몇 번이고 몇 번이고 전화벨을 울렸다. 그녀가 그 전화 앞에 있다는 것을, 나는 이제 또렷이 느낄 수 있었다. 그녀는 분명 그곳에 있는 것이다.

스물다섯 번 전화벨을 울린 뒤에 나는 수화기를 내려놓았다. 밤바람이 창가의 얇은 커튼을 흔들었다. 파도소리도 들려왔다. 그리고 나는 수화기를 들고 다시 한번 천천히 다이얼을 돌렸다.

시드니의 그린 스트리트

1

시드니의 그린 스트리트는 당신이 그 이름에서 상상하는 만큼—아마 이러저러하게 상상하리라고 나는 상상하는데—멋진 거리가 아니다. 첫째로 이 거리에 나무라고는 단 한 그루도 없다. 잔디도 공원도 식수대도 없다. 그런데도 어째서 '그린 스트리트'라는 거창한 이름이 붙었는지, 이건 뭐 하느님이 아니고서는 알 수 없다. 어쩌면 하느님도 알 수 없을지 모른다.

아예 솔직히 말해버리면, 그린 스트리트는 시드니에서도 가장 시들한 거리다. 비좁고 복잡하고 지저분하고 가난한 티가 흐르고 나쁜 냄새가 나고 칙칙한 환경에 구식이고 게다가 날씨까지 좋지 않다. 여름은 지독히 춥고 겨울은 지독히 덥다.

'여름은 지독히 춥고 겨울은 지독히 덥다'라는 말은 어딘가 이상하다. 비록 북반구와 계절이 반대이긴 해도 남반구에서도 실질적으로 더운 게 여름이고 추운 건 겨울이기 때문이다. 즉 8월이 겨울이고 2월이 여름이라는 얘기다. 오스트레일리아 사람은 다들 그렇게 생각한다.

하지만 나는 그리 간단히 받아들일 수 없다. 여기에는 '계절이란 대체 무엇인가?'라는 거대한 문제가 깊이 얽혀 있기 때문이다. 즉 12월이 되었으니까 겨울인가, 아니면 추워졌으니까 겨울인가 하는 문제다.

"그거야 간단하잖아. 추워졌으니까 겨울이지." 당신은 그렇게 말할지도 모른다. 하지만 잠깐 기다려주시길. 만일 추워졌으니까 겨울이라고 한다면 대체 섭씨 몇 도 이하가 겨울인가? 겨울 한복판에 매우 따뜻한 날이 며칠 이어졌다면 '따뜻해졌으니까 봄'인가?

거봐, 모르겠지?

나도 모른다.

하지만 '겨울이니까 추워야 한다'는 사고방식은 지나치게 일면적이지 않나 생각한다. 그래서 나는 주위 사람들의 고정관념을 깨기 위해서라도 날짜 기준으로 12월부터 2월까지를 겨울로,

6월부터 8월까지를 여름으로 부른다. 고로 겨울은 덥고 여름은 춥다.

이런 이유로 주위 사람들은 나를 괴짜라고 생각한다.

하지만 뭐, 그건 아무려나 상관없다. 그린 스트리트 이야기를 하자.

2

시드니의 그린 스트리트는 앞서 말했듯이 시드니에서도 가장 시들한 거리다. 어쩌면 남반구에서 가장 시들한 거리인지도 모른다. 이를테면 지금, 10월 오후, 나는 빌딩 3층에 있는 사무소 창으로 그린 스트리트 한복판 언저리를 내려다보고 있다.

무엇이 보이는가?

여러 가지 것이 보인다.

햇볕에 그을린 알코올중독 부랑자가 도랑에 한쪽 다리를 처박고 낮잠을 자고 있다—혹은 뻗어 있다.

요란한 차림새의 깡패 똘마니가 점퍼 호주머니에 쑤셔넣은 체인을 절렁거리며 거리를 돌아다니고 있다.

털이 반쯤 빠진 병든 고양이가 쓰레기통을 뒤지고 있다.

일고여덟 살배기 아이가 송곳으로 자동차 타이어를 차례차례 펑크 내고 있다.

벽돌담에는 울긋불긋 토사물이 말라붙어 있다.

상점은 대부분 셔터를 내렸다. 다들 이 거리에 정이 떨어져서 장사를 접고 어딘가로 도망쳐버린 것이다. 아직도 문을 열고 영업하는 곳은 전당포와 술집과 찰리의 피자 가게뿐이다.

하이힐을 신은 젊은 여자가 검은색 에나멜 백을 가슴에 안고 또각또각 날카로운 소리를 내며 거리를 전속력으로 달려간다. 마치 누군가에게 쫓기는 것 같지만 쫓아오는 사람이라고는 없다.

떠돌이 개 두 마리가 거리 한가운데서 스친다. 한 마리는 동쪽에서 서쪽으로, 또 한 마리는 서쪽에서 동쪽으로 가고 있다. 두 마리 모두 땅만 보고 걷고 서로 스칠 때조차 고개를 들려 하지 않는다.

시드니의 그린 스트리트란 이런 거리다. 항상 생각하는데, 만일 지구 어딘가에 엄청나게 큰 똥구멍을 만들어야 한다면 그럴 장소는 이곳밖에 없다. 즉 시드니의 그린 스트리트 말이다.

3

내가 시드니의 그린 스트리트에 사무소를 차린 데는 물론 나름대로의 이유가 있다. 가난해서는 아니다. 이곳 임대료가 엄청 저렴한 건 맞지만 나는 딱히 돈이 궁하지 않다. 궁하기는커녕 남아돌 정도다. 시드니 중심가의 16층짜리 신축 빌딩 열 채쯤은 한꺼번에 사들일 수 있고, 제트전투기 오십 대가 딸린 최신식 항공모함도 사들일 수 있다. 아무튼 이제는 쳐다보기도 지겨울 만큼의 돈이 있다. 아버지가 사금砂金 왕이라고 불리던 인물이었고, 그 아버지가 오직 나에게만 전 재산을 남기고 이 년 전에 죽어버린 것이다.

돈을 쓸 방도가 없어 모조리 은행에 넣어뒀는데 이번에는 그 이자를 다 쓸 수 없었다. 그래서 그 이자도 은행에 넣어뒀더니 거기서 또다시 이자가 불어난다. 정말 생각만 해도 지긋지긋하다.

내가 시드니의 그린 스트리트에 사무소를 차린 것은 이곳에 있는 한 아무도 나를 찾아오지 않기 때문이다. 제대로 된 인간이라면 시드니의 그린 스트리트 같은 곳에 오지 않는다. 다들 이 거리를 지독히 무서워하기 때문이다. 그래서 이러쿵저러쿵 잔소리하는 친척도, 오지랖 넓은 친구들도, 돈을 노리는 여자도 만날 일 없다. 고문변호사가 자산 운용을 상담하러 오는 일도 없고,

은행장이 아첨을 떨러 오는 일도, 롤스로이스 딜러가 팸플릿 더미를 안고 문을 두드리는 일도 없다.

전화도 없다.

편지는 찢어서 내버린다.

정말로 조용하다.

4

나는 시드니의 그린 스트리트에서 사립탐정 사무소를 하고 있다. 즉 나는 사립탐정이다. 간판에는 이렇게 적혀 있다.

> '사립탐정. 싸게 해드립니다.
> 단 재미있는 사건만 받습니다.'

간판을 히라가나로만 써놓은 데는 물론 이유가 있다. 시드니의 그린 스트리트에 한자를 읽을 줄 아는 사람이라고는 단 한 명도 없기 때문이다.

세 평 남짓한 사무소는 몹시 너저분하다. 벽에나 천장에나 짜증날 만큼 누런 얼룩이 들어 있다. 문은 아귀가 맞지 않아서 열면 닫기가 힘들고 닫으면 또 열기가 힘들다. 문에 끼운 유리에는 '사립탐정 사무소'라고 적혀 있다. 손잡이에는 '있습니다' '없습니다'라는 문구가 앞뒤로 적힌 팻말을 걸었다. '있습니다'로 걸어놨을 때, 나는 사무소에 있다. '없습니다'로 걸어놨을 때, 나는 외출중이다.

사무소에 없을 때 나는 옆에 딸린 방에서 낮잠을 자거나 피자 가게에서 맥주를 마시며 웨이트리스 찰리와 잡담을 하거나 둘 중 하나다. 찰리는 나보다 몇 살 어린 귀여운 여자다. 중국인의 피가 반절 섞였다. 시드니가 아무리 넓다 해도 중국인의 피가 반절 섞인 여자라고는 찰리 말고 없다.

나는 찰리를 무척 좋아한다. 찰리도 나를 좋아하는 것 같다. 하지만 확실히는 모르겠다. 남이 무슨 생각을 하는지 따위, 나는 전혀 모른다.

"사립탐정으로 벌이가 좀 돼?" 찰리는 내게 묻는다.

"안 돼." 나는 대답한다. "벌이가 돼봤자 돈 몇 푼 들어오는 것뿐이잖아."

"당신, 진짜 괴상한 사람이야." 찰리가 말한다.

찰리는 내가 큰 부자라는 걸 알지 못하는 것이다.

5

'있습니다' 팻말이 걸려 있을 때, 나는 대개 사무소 비닐소파에 앉아 맥주를 마시며 글렌 굴드의 레코드를 듣는다. 나는 글렌 굴드의 피아노를 엄청 좋아한다. 글렌 굴드의 레코드만 서른여덟 장이 있다.

아침 일찍부터 오토체인지 플레이어에 레코드를 여섯 장쯤 올리고 끝도 없이 글렌 굴드를 듣는다. 그리고 맥주를 마신다. 글렌 굴드가 싫증나면 이따금 빙 크로즈비의 〈화이트 크리스마스〉를 올린다.

찰리는 'AC/DC'*를 좋아한다.

6

말이 '사립탐정 사무소'지 찾아오는 고객은 거의 없다. 시드니의 그린 스트리트 주민은 문제를 해결하기 위해 돈을 지불한다는 생각은 꿈에도 못 하는 것이다. 게다가 그들은 해결해야 할

* 1973년 시드니에서 결성된 하드록 밴드.

일이 너무도 많아서 일일이 해결하기보다 어떻게든 타협하려 든다. 아무튼 시드니의 그린 스트리트는 사립탐정에게 결코 녹록한 거리가 아니다.

어쩌다가 한 번씩 '싸게 해드립니다'라는 글귀에 혹해서 들어오는 손님도 있지만 대부분은—물론 나한테 그렇다는 얘기인데—엄청 시시한 사건이다.

이를테면 "우리집 닭이 요새 이틀에 한 번밖에 달걀을 안 낳는데 왜일까요?"라든가 "매일 아침 우리집 우유를 훔쳐가는 범인을 잡아서 단단히 혼을 내주세요"라든가 "친구가 빌려간 돈을 안 갚는데, 얼른 갚으라고 은근슬쩍 얘기해주시지 않겠습니까?"라는 식이다.

그런 시시한 의뢰를 나는 모두 거절한다. 아니, 그렇잖은가. 나는 어느 집 닭이나 우유나 쩨쩨한 빚 문제를 해결해주려고 사립탐정이 된 게 아니다. 내가 원하는 건 좀더 드라마틱한 사건이다. 이를테면 키 2미터쯤 되는 푸른 의안의 집사가 검은색 리무진을 타고 찾아와 "백작 따님의 타조알만한 루비를 지키는 일에 발 벗고 나서주실 수 있겠소?"라고 청한다든가 하는 그런 사건 말이다.

하지만 오스트레일리아에는 백작 따님이라고는 없다. 백작은커녕 자작도 남작도 존재하지 않는다. 이것참, 어째야 할지.

그런고로 나는 매일매일 엄청나게 한가하다. 손톱을 깎거나 글렌 굴드의 레코드를 듣거나 오래된 자동권총을 손질하거나 피자 가게에서 찰리와 잡담을 하면서 시간을 때운다.

"당신도 사립탐정 같은 바보짓은 관두고 제대로 자리잡는 게 어때?" 찰리는 말한다. "인쇄공이라든가, 그런 일 말이야."

인쇄공이라, 나는 생각한다. 그것도 나쁘지 않네. 찰리와 결혼해 인쇄공이 되는 것도 제법 나쁘지 않다.

하지만 현재 나는 사립탐정이다.

7

양羊의 모습을 한 그 작은 남자가 문을 열고 들어선 것은 금요일 오후였다. 양의 모습을 한 작은 남자는 잽싸게 사무소에 들어서더니 고개를 밖으로 내밀고 뒤를 밟는 자가 없는지 확인한 뒤 문을 닫았다. 문은 좀체 꽉 닫히지 않았다. 내가 남자를 도와 둘이 함께 문을 닫았다.

"안녕하세요?" 작은 남자는 말했다.

"안녕하세요?" 나는 말했다. "저, 이름이……"

"양 사나이라고 불러주세요." 양 사나이가 말했다.

"처음 뵙겠습니다, 양 사나이씨." 나는 말했다.

"처음 뵙겠습니다." 양 사나이가 말했다. "사립탐정이시죠?"

"그렇습니다. 사립탐정이에요." 나는 말했다. 그리고 플레이어 전원을 끄고 글렌 굴드의 〈인벤션〉을 레코드장에 챙겨넣고 빈 맥주 캔을 치우고 손톱깎이를 서랍에 넣은 뒤에 양 사나이에게 의자를 권했다.

"사립탐정을 찾고 있었어요." 양 사나이는 말했다.

"그랬군요." 나는 말했다.

"하지만 어디로 가야 만날 수 있는지 몰랐죠."

"네에."

"길모퉁이 피자 가게에서 그런 얘기를 했더니, 여자분이 이곳으로 가면 된다고 알려줬어요."

찰리다.

"그럼 양 사나이씨." 나는 말했다. "용건을 들어볼까요?"

8

양 사나이는 양 인형 옷을 입고 있었다. 인형 옷이라고 해도 싸구려 천이 아니라 그럴듯하게 진짜 양모피로 만들었다. 꼬리도 있고 뿔도 달렸다. 손과 발과 얼굴 부분만 뚫려 있다. 눈에는 검은 마스크를 썼다. 대체 무슨 사연으로 이 남자가 이런 차림새를 하고 있는지 나는 잘 이해가 되지 않았다. 가을이 한창이라 이러고 있으면 상당히 땀이 날 터였다. 게다가 밖을 돌아다니면 아이들의 놀림거리가 되기도 할 것이다. 정말 이해할 수가 없다.

"만일 더우시면," 나는 말했다. "사양 말고, 음…… 그 웃옷은 벗으셔도 괜찮습니다."

"아, 아뇨. 걱정 마십시오." 양 사나이가 말했다. "여기 익숙하니까요."

"그럼 양 사나이씨." 나는 다시 말했다. "용건을 들어볼까요?"

9

"실은, 내 귀를 찾아주셨으면 합니다." 양 사나이는 말했다.

"귀요?" 나는 말했다.

"내 의상에 달린 귀 말이에요. 보세요, 여기." 말하면서 양 사나이는 손가락으로 머리 오른쪽 위를 가리켰다. 동시에 눈동자도 오른쪽 위로 바짝 치켰다. "이쪽 귀가 뜯겨나갔지요?"

아닌 게 아니라 그가 입은 양 의상의 오른쪽 귀—내 쪽에서 보면 왼쪽—가 뜯겨나가고 없었다. 왼쪽 귀는 별 탈 없이 달려 있었다. 나는 그때까지 양의 귀가 어떻게 생겼는지 생각해본 적도 없었다. 양의 귀는 납작하고 하늘하늘하고 옆으로 튀어나와 있었다.

"그래서 귀를 찾아주셨으면 하는 거예요." 양 사나이가 말했다.

나는 책상 위의 메모지와 볼펜을 손에 들고 볼펜 끝으로 책상을 톡톡 두드렸다.

"자세한 경위를 말씀해주시죠." 내가 말했다. "귀가 뜯어진 게 언제였습니까? 뜯어낸 사람은 누구죠? 그리고 당신은 대체 누굽니까?"

"뜯어진 건 사흘 전입니다. 뜯어낸 사람은 양 박사고요. 그리고 나는 양 사나이입니다."

"이것참." 나는 말했다.

"미안합니다." 양 사나이가 말했다.

"좀더 자세히 얘기해주시겠습니까?" 내가 말했다. "양 박사라고만 하시면 나는 전혀 모르겠는데요."

"그러면 자세히 말씀드리지요." 양 사나이는 말했다.

"당신은 아마 잘 모르시겠지만, 이 세상에는 약 삼천 명의 양 사나이가 살고 있습니다." 양 사나이가 말했다.

10

"당신은 아마 잘 모르시겠지만, 이 세상에는 약 삼천 명의 양 사나이가 살고 있습니다." 양 사나이가 말했다.

"알래스카, 볼리비아, 탄자니아, 아이슬란드, 아무튼 세계 곳곳에 양 사나이가 있어요. 그렇다고 비밀결사나 혁명조직이나 종교단체 같은 건 아닙니다. 회의를 하거나 기관지를 내지도 않아요. 요컨대 우리는 그저 양 사나이이고 양 사나이로서 평화롭게 살기를 바랄 뿐입니다. 양 사나이로서 생각하고 양 사나이로서 밥을 먹고 양 사나이로서 가정을 꾸리고 싶은 거예요. 바로 그 이유 때문에 우리는 양 사나이인 것이지요. 이해하시겠습니까?"

이해할 수는 없었지만 나는 "오호"라고 말했다.

"하지만 우리 앞길을 가로막는 사람도 더러 있습니다. 그 대표적인 인물이 양 박사예요. 양 박사의 본명도 나이도 국적도 알려져 있지 않습니다. 한 명인지 복수의 인간인지도 모릅니다. 하지만 상당히 나이든 노인이라는 건 분명해요. 그리고 양 박사의 삶의 보람은 양 사나이의 귀를 뜯어다 수집하는 것입니다."

"그건 또 왜죠?" 나는 물었다.

"양 박사는 양 사나이의 생활방식이 마음에 안 드는 거예요. 그래서 골탕을 먹이려고 귀를 뜯어내요. 그러고는 희희낙락하죠."

"꽤 난폭한 사람인 모양이군요." 나는 말했다.

"사실 원래는 그리 나쁜 사람은 아닐 거예요. 다만 어디선가 무슨 안 좋은 일을 당해 성격이 비뚤어졌겠지요. 그러니 나는 귀만 되찾는다면 그걸로 만족합니다. 딱히 양 박사에게 원한은 없어요."

"좋습니다, 양 사나이씨." 나는 말했다. "당신의 귀를 찾아드리겠습니다."

"고마워요." 양 사나이가 말했다.

"비용은 하루에 천 엔, 귀를 찾아오면 5천 엔, 사흘 분 비용은 지금 선불로 주세요."

"선불입니까?"

"선불입니다." 나는 말했다.

양 사나이는 가슴팍의 호주머니에서 큼직한 똑딱이 지갑을 꺼내 깨끗하게 접힌 천 엔 지폐 세 장을 빼내더니, 서글픈 듯 책상 위에 올려놓았다.

11

양 사나이가 돌아간 뒤, 나는 천 엔 지폐의 주름을 펴서 내 지갑에 넣었다. 얼룩이며 냄새가 잔뜩 밴 지폐였다. 그런 다음 피자 가게에 가서 안초비 피자와 생맥주를 주문했다. 나는 하루 세 끼 모두 피자를 먹는다.

"드디어 일거리가 생겼구나?" 찰리가 말했다.

"응, 그래서 바빠." 나는 피자 파이를 먹으며 말했다. "양 박사를 찾아내야 해."

"양 박사라면 찾고 말고 할 것도 없어. 이 근처에 살 거야. 이따금 우리 가게에 피자를 먹으러 오거든." 찰리가 말했다.

"어디 사는데?" 나는 놀라서 물었다.

"그거야 모르지. 직접 전화번호부를 뒤져봐. 당신, 탐정이잖아."

나는 반신반의했지만 혹시나 싶어 전화번호부의 'ㅇ' 페이지를 뒤져보았다. 아닌 게 아니라 양 박사의 전화번호가 실려 있었다. 양 사나이의 전화번호도 실려 있었다. 당최 어떻게 된 세상인지.

양 박사(무직) ········· 202-6374

양 사나이(무직) ······ 363-9847

양 정停(주점) ········· 497-2001

나는 수첩을 꺼내 양 박사의 전화번호와 주소를 메모했다. 그리고 맥주를 마시고 남은 피자를 먹었다. 사건이 생각보다 빠르게 처리될 것 같았다.

12

양 박사의 집은 그린 스트리트 서쪽 끝이었다. 작은 벽돌집이고 정원에 장미꽃이 피어 있었다. 그린 스트리트에서는 보기 드물게 번듯한 집이었다. 물론 상당히 낡아서 골병이 들기 시작했지만 그래도 최소한 집으로는 보였다.

나는 겨드랑이에 낀 묵직한 자동권총을 확인하고 선글라스를 쓰고서 〈팔리아치〉 서곡을 휘파람으로 불며 집 주위를 한 바퀴 돌아보았다. 딱히 이상한 점은 아무것도 없었다. 집안은 괴괴하고 소리 하나 없었다. 창에는 하얀 레이스 커튼이 달려 있었다. 무척 조용하고 호젓해서 도저히 양 사나이의 귀를 잡아뜯을 만한 인물이 살고 있다고는 생각되지 않았다.

나는 현관으로 돌아가보았다. 문패에 '양 박사'라고 적혀 있다. 틀림없다. 우편함에는 아무것도 없었다. '신문 및 우유 사절'이라고 적힌 종이가 나붙어 있었다.

양 박사의 집은 찾아냈으나 이제부터 어떻게 해야 할지 짐작도 가지 않았다. 너무도 간단히 집을 찾아낸 탓이다. 원래는 이런저런 난관에 부딪히거나 열심히 추리해가면서 겨우겨우 집을 찾아내야 하는데 이렇게 간단히 답이 나와버렸으니 도무지 생각이 정리되지 않는 것이다. 이런 상황은 정말 난처하다. 나는 바흐의 〈예수, 인간 소망의 기쁨〉을 휘파람으로 불며 이제 어떻게 할지 생각해보았다.

가장 간단한 방법은 벨을 누르고 양 박사가 나오면 "죄송합니다, 양 사나이의 귀를 돌려주십시오"라고 말하는 것이었다. 실로 간단하다.

그래서 그러기로 했다.

13

나는 벨을 열두 번이나 눌렀다. 그리고 문 앞에서 오 분을 기다렸다. 대답은 없었다. 집안은 괴괴하게 가라앉은 채였다. 참새가 정원 잔디 위를 왔다갔다했다.

그만 포기하고 돌아가려 했을 때, 갑자기 문이 벌컥 열리더니 우람한 백발노인이 쓰윽 얼굴을 내밀었다. 엄청 무서워 보이는 노인이다. 나는 할 수만 있다면 그길로 도망쳐버리고 싶었다. 그러나 그럴 수는 없는 노릇이다.

"에잇, 시끄러워." 노인은 버럭했다. "모처럼 기분좋게 낮잠 자는데, 이놈들이 정말……"

"양 박사님이시지요?" 내가 물었다.

"거기 종이 붙어 있잖아. 당신, 한자도 못 읽어? 잘 들어, 신문 및 우유는……"

"한자는 압니다. 신문이나 우유를 팔러 온 게 아니에요. 저는 사립탐정입니다."

"사립탐정? 뭐가 됐든 똑같아. 그런 놈에게 볼일 없어." 양 박사는 그렇게 말하고 냅다 문을 닫으려 했지만, 나는 그 사이에 잽싸게 발을 끼웠다. 복사뼈가 문에 부딪혀 지독히 아팠지만 얼굴에 드러내지 않으려 꾹 참았다.

"당신은 볼일이 없어도 저는 있습니다." 나는 말했다.

"알 게 뭐야?" 양 박사는 내 복사뼈를 가죽구두 앞코로 걷어찼다. 발이 박살나는 게 아닌가 싶을 만큼 아팠지만 나는 이번에도 꾹 참았다.

"차분하게 이야기합시다." 나는 차분하게 말했다.

"에잇, 이거나 먹어라." 양 박사는 근처의 꽃병을 집어들어 내 머리를 힘껏 내리쳤다. 그걸로 끝이었다. 나는 의식을 잃었다.

14

꿈속에서 나는 우물물을 긷고 있었다. 두레박으로 우물물을 길어올려 큼직한 대야에 부었다. 대야가 가득차자 악어가 다가와 그 물을 단숨에 꿀꺽꿀꺽 마셔버렸다. 대야가 다시 차자 이번에는 다른 악어가 다가와 그 물을 단숨에 꿀꺽꿀꺽 마셔버렸다. 그게 거듭거듭 되풀이되었다. 나는 열한 마리까지 악어를 헤아렸다. 그러다가 눈을 떴다.

주위가 깜깜했다. 하늘에는 별이 떠 있었다. 시드니의 밤하늘은 무척 아름답다. 나는 양 박사의 집 문 앞에 나동그라져 있었다. 주위는 고요했다. 지갑도 자동권총도 그대로 있었다.

나는 자리에서 일어나 옷에 묻은 먼지를 툭툭 털고 선글라스를 가슴팍 호주머니에 넣었다. 다시 한번 벨을 눌러볼까 했지만 머리가 몹시 아파 오늘은 이만 물러나기로 했다. 나는 이미 하루에 할 일 그 이상을 했다. 의뢰인의 이야기를 들었고 선금을 받았으며 범인의 집을 알아냈고 복사뼈를 걷어차였고 머리를 얻어맞았다. 그다음은 내일 하면 된다.

나는 피자 가게에 들러 맥주를 마시고 찰리에게 다친 곳을 보였다.

“엄청난 혹이 났네.” 찰리가 차가운 타월로 내 머리를 닦으며 말했다. “대체 어떻게 된 거야?”

“양 박사에게 얻어맞았어.” 내가 말했다.

“설마.” 찰리가 말했다.

“정말이야.” 나는 말했다. “벨을 누르고 내 소개를 했더니 꽃병으로 내리쳤어.”

찰리는 잠시 혼자 생각에 잠겼다. 나는 그동안 머리를 문지르며 맥주를 마셨다.

“나하고 함께 가자.” 찰리가 말했다.

“어디?” 나는 물었다.

“어디긴 어디야, 양 박사 집이지.” 찰리가 말했다.

15

찰리는 양 박사의 집 벨을 연달아 스물여섯 번이나 눌렀다.

“에잇, 시끄러워.” 양 박사가 고개를 내밀었다. “신문도 우유도 사립탐정도……”

“뭐가 시끄러워, 이 얼간이야.” 찰리가 버럭했다.

“뭐야, 찰리였어?” 양 박사가 말했다.

“당신, 이 사람 머리를 꽃병으로 내리쳤다면서?” 찰리가 나를 가리키며 말했다.

"응, 그러니까 그게, 뭐랄까, 좀." 양 박사가 말했다.

"왜 그런 짓을 했어? 이 사람은 내 애인이야."

양 박사는 난처한 얼굴로 머리를 벅벅 긁었다. "거참, 미안하게 됐네. 그건 몰랐어. 알았으면 안 그랬지."

나 역시 몰랐다. 내가 찰리의 애인이었다니.

"아무튼 들어와." 양 박사가 문을 활짝 열었다. 나와 찰리는 안으로 들어갔다. 문을 닫으려다가 나는 다시 복사뼈를 부딪히고 말았다. 정말 재수가 없다.

양 박사는 우리를 거실로 안내하고 포도주스를 대접해주었다. 유리잔이 지저분해서 나는 반밖에 마시지 않았다. 찰리는 개의치 않고 다 마시더니 얼음까지 깨물어 먹었다.

"이것참, 어떻게 사과해야 할지." 양 박사가 내게 말했다. "머리는 아직 아프신가?"

나는 말없이 고개를 끄덕였다. 남의 머리를 꽃병으로 힘껏 내리쳐놓고 '아직 아프신가'라니 말이 되나.

"왜 남의 머리를 내리치냐고, 진짜." 찰리가 말했다.

"그게, 내가 요즘 완전히 사람이 싫어져서 말이야." 양 박사가 말했다. "신문을 보라느니 우유를 마시라느니 자꾸 찾아와 시끄럽게 구는 통에 낯선 얼굴을 보면 나도 모르게 손이 나가버려.

정말 미안하네. 하지만 젊은이, 나는 신문도 안 보고 우유도 안 마셔."

"나는 우유도 안 팔고 신문도 안 팝니다. 사립탐정이라고요." 나는 말했다.

"그렇지, 그렇지, 사립탐정이랬지. 깜빡했네." 양 박사가 말했다.

16

"실은 양 사나이의 귀를 돌려받으려고 찾아온 거예요." 나는 말했다. "박사님이 사흘 전 슈퍼마켓 계산대에서 양 사나이의 귀를 뜯어갔지요?"

"그랬지." 양 박사가 말했다.

"그걸 돌려주십시오." 나는 말했다.

"싫어." 양 박사는 말했다.

"그 귀는 양 사나이 겁니다." 나는 말했다.

"지금은 내 거야." 양 박사는 말했다.

"어쩔 수 없군요." 나는 겨드랑이 밑에서 자동권총을 꺼냈다. 난 성질이 몹시 급하다. "그럼 당신을 쏴죽이고 귀를 가져가겠습니다."

"아이참." 찰리가 말리고 나섰다. "당신은 정말 생각이 모자란다니까." 그녀는 내게 말했다.

"그렇고말고." 양 박사가 말했다.

나는 불끈해서 권총 방아쇠를 당길 뻔했다.

찰리가 급히 가로막았다. 그리고 내 복사뼈를 힘껏 걷어차며 권총을 낚아챘다.

"당신도 문제야." 찰리는 양 박사를 향해 말했다. "왜 양 사나이의 귀를 돌려주지 않는 거야?"

"귀는 절대로 못 돌려줘. 양 사나이는 나의 적이야. 다음에 마주치면 다른 쪽 귀도 뜯어올 거야." 양 박사가 말했다.

"왜 그렇게 양 사나이를 미워하죠? 착한 사람이잖아요?" 나는 말했다.

"이유 따위는 없어. 그냥 그자들이 싫어. 그렇게 한심한 꼴을 하고 희희낙락 사는 걸 보면 참으로 얄밉단 말이야."

"소망증오야." 찰리가 말했다.

"응?" 양 박사가 말했다.

"뭐?" 내가 말했다.

17

"당신도 사실은 양 사나이가 되고 싶은 거야. 하지만 그걸 인정하고 싶지 않아서 되레 양 사나이를 미워하게 된 거지."

"그렇군." 양 박사는 감탄한 듯 말했다. "그 생각을 못 했네."

"그런 걸 어떻게 알았어?" 나는 찰리에게 물어보았다.

"당신들, 프로이트나 융 같은 거 읽어본 적 없어?"

"없어." 양 박사가 말했다.

"안타깝지만." 나는 말했다.

18

"그럼 나는 결코 양 사나이를 미워했던 게 아니었군." 양 박사가 말했다.

"그런 셈이군요." 나는 말했다.

"당연하지." 찰리가 말했다.

"그렇다면, 내가 양 사나이에게 아주 나쁜 짓을 해버린 것 같네." 양 박사가 말했다.

"그렇지요?" 내가 물었다.

"당연하지." 찰리가 말했다.

"그럼 양 사나이의 귀는 주인에게 돌려줘야겠군." 양 박사는 말했다.

"네, 그렇죠." 내가 말했다.

"지금 당장 돌려줘요." 찰리가 말했다.

"하지만 이젠 여기 없어." 양 박사가 말했다. "실은 내버렸어."

"내버리다니…… 어디다가요?" 나는 물었다.

"아니, 그게……"

"빨리 말해요." 찰리가 버럭했다.

"음, 실은 찰리네 가게 냉장고에 처넣었어. 살라미에 섞어서. 아니, 딱히 나쁜 뜻이 있었던 건……"

양 박사가 말을 마치기도 전에 찰리는 근처에 있던 꽃병을 집어 양 박사의 머리 꼭대기를 힘껏 내리쳤다. 나는 엄청 고소했다.

19

결국 나와 찰리는 양 사나이의 귀를 되찾는 데 성공했다. 그러나 귀는 벌써 갈색으로 구워 타바스코 소스를 듬뿍 뿌린 상태였다. 한 손님이 살라미 피자를 주문해서 막 한 조각 입에 넣으려는 순간에 우리가 덮쳤기 때문이다. 정말 아슬아슬했다. 나는 그것을 깨끗이 씻어 치즈를 벗겨냈지만 타바스코 소스 얼룩은 어떻게 해도 지워지지 않았다.

양 사나이는 귀를 다시 돌려받아 무척 기뻐했지만 갈색으로 구워지고 타바스코 소스가 묻은 것을 보고—입 밖에 내지는 않았어도—조금 실망하는 것 같았다. 그래서 나는 비용을 2천 엔 깎아주었다. 찰리는 바늘과 실로 의상에 귀를 붙여주었다. 양 사나이는 거울 앞에서 두세 번 폴짝 뛰어 보였다. 귀가 하늘하늘 흔들렸다. 무척 만족스러운 듯했다.

20

말이 나온 김에 덧붙이자면, 양 박사는 경사스럽게도 양 사나이가 될 수 있었다. 그는 날마다 양 사나이 의상을 입고 찰리의 가게에 피자를 먹으러 온다. 양 사나이/양 박사는 매우 행복해 보인다. 이것도 모두 프로이트 덕분이다.

21

사건이 해결된 뒤에 나와 찰리는 데이트를 했다. 우리는 중화요리를 먹고 다운타운의 영화관에서 루키노 비스콘티 감독의 〈루트비히〉를 보았다. 어둠 속에서 나는 그녀에게 키스를 하려고 했다. 그녀는 하이힐 굽으로 내 복사뼈를 힘껏 걷어찼다. 엄청 아파서 십 분쯤 말도 나오지 않았다.

"그치만 애인이라고 했었잖아." 나는 십 분 뒤에 말했다.

"그때는 그때고." 찰리는 말했다.

그래도 찰리는 사실 나를 좋아한다고 본다. 다만 여자란 여러 가지를 반대로 표현할 때가 있는 것이다. 나는 그렇게 생각한다.

"미안해." 영화가 끝난 뒤에 나는 말했다.

"당신이 사립탐정 같은 바보짓을 관두고 제대로 된 일자리를 잡아서 저금도 하게 되면, 그때 가서 다시 한번 생각해볼게." 찰리는 말했다.

앞서 말했듯이 나는 이미 저금해둔 돈이 지겨울 만큼 많다. 하지만 찰리는 그것을 알지 못한다. 알려줄 생각도 없다.

나는 찰리가 정말 좋다. 그래서 인쇄공이 돼도 괜찮겠다고 생각한다.

하지만 현재 나는 여전히 사립탐정이고 시드니 그린 스트리트의 사무소 소파에 누워 고객이 찾아오기를 기다리고 있다. 스피커에서는 글렌 굴드의 피아노 연주가 나온다. 브람스의 〈인테르메조〉, 내가 가장 좋아하는 레코드다.

만일 당신이 무슨 문제를 안고 있다면 내가 인쇄공이 되기 전에 그린 스트리트의 내 사무소 문을 두드려주기 바랍니다. 아주 싸게 맡아드리겠습니다. 비용을 깎아주기도 합니다. 단 그게 재미있는 사건이라면 말이죠.

작가의 말 | 내 작품을 말한다

단편소설에 대한 실험

『중국행 슬로보트』

단편집『중국행 슬로보트』에 수록된 작품은『바람의 노래를 들어라』와『1973년의 핀볼』이라는 두 편의 장편소설(이라지만 실제로는 중편에 가까운) 다음에 쓴 것이다. 단편소설을 한꺼번에 몰아서 써보고 싶었다. 발표 매체는 주로 문예지였다. 하지만 사실 그 무렵의 기억이 선명하지 않아서, 나는 이 작품들을 모두 다 쓴 다음에 느긋하게『양을 쫓는 모험』을 시작했다고 생각했는데 연대를 보니 실제로는「캥거루 통신」과「오후의 마지막 잔디」사이에『양을 쫓는 모험』을 쓴 것이었다.「캥거루 통신」이 내 부업작가 시대의 마지막 작품이고,『양을 쫓는 모험』이후가 전업작가 시대인 셈이다. 기억이라는 건(특히 나의 기억은) 별로 믿을 만한 게 못 된다.

어떤 것도 이 단편집이 나온 뒤로 거의 십 년 가까이 다시 읽어본 적이 없는데, 지금 오랜만에 한데 모아 읽어보니 그리운 마음이 앞선다. 한 편 한 편 써내려가던 때의 기분이며 편집자와 주고받은 대화를 정경으로서 똑똑히 기억하고 있다.

이번에 전집에 수록하면서 몇몇 단편은 대폭 손질을 하기로 했다. 현재 시점에서 다시 읽어보니 마음에 걸리는 부분이 많았기 때문이다. 나는 원칙적으로 일단 발표한 작품은 더이상 손을 대지 않는다. 그러기 시작하면 한이 없고, 또한 작품이라는 것은 설령 약간의 결점이 있다고 해도(혹은 작가 자신의 마음에 들지 않는다 해도) 정점관측의 의미를 가진 하나의 자료로서 역시 오리지널이라는 형태를 분명하게 남겨두어야 한다고 생각하기 때문이다. 하지만 이번에는 전집 형태로 출판하는 것이고, 단행본 오리지널 버전과 다른 또하나의 선택지를 제공할 다시없는 기회이기 때문에 큰맘 먹고 개정하기로 했다. 대폭 손댄 것도 있고, 몇 구절 표현을 고치는 정도에 그친 것도 있다. 개정에 대해서는 독자 사이에도 이론이 분분할 것이다. 하지만 작가로서는 당시 표현하고자 했으나 충분히 표현하지 못했던 부분을 조금이라도 명확하게 만드는 것을 기본 방침으로 개정에 임했다. 즉 현재 시점에서 과거의 나 자신에게 도움을 준 것이다. 물론 약간의 문제는 있으나 더이상 쓸데없는 참견 말고 그냥 내버려두는 편이 낫겠다고 생각되는 부분도 많았다. 미묘하게 손대서 매끄럽게 만들기보다는 불투명한 생각 그대로를 전하는 게 더 좋을지도 모른다는 얘기다. 젊은 시절의 작품이란 결국 그렇다. 서투르게, 불투명하게밖에 전할 수 없는 것도 꽤 많은 것이다.

다만 여기는 이렇게 했으면 좋았을 텐데 하고 지금에야 후회가 드는 부분은 고쳐 썼다. 쓸데없는 부분은 깎아내고 부족한 부분에는 살을 붙였다.

그렇게 보수공사를 하니 나라는 인간, 즉 무라카미 하루키라는 작가의 대략적 모습이 이 단편집 안에 이미 드러나 있다는 걸 깨달았다. 분명 그후로 나는 나름대로 나이를 먹으면서 좀더 다면적으로 사물을 보고 문장을 쓸 수 있게 되었다. 내가 뭘 해보고 싶은지도 좀더 명료하게 눈에 보이게 되었다. 현단계에서 작가로서 내 능력이 어느 정도인가도 점점 파악할 수 있게 되었다. 하지만 내 세계라 부를 수 있는 것은 미완성인 나름대로, 어색한 나름대로, 균형감이 떨어지는 대로 이 첫 단편집에 대부분 제시되어 있다는 생각이 든다. 스타일이며 모티프, 어법 같은 것들의 원형은 일단 빠짐없이 나와 있다고 해도 좋지 않을까 한다.

각각의 단편에 대해 내가 기억하는 내용을 간단히 써본다.

「중국행 슬로보트」

이 작품은 가장 먼저 제목부터 시작했다. 내 단편소설의 대부분은 제목에서 시작되었다. 내용은 정하지 않고 우선 제목을 생각한다. 그리고 일단 첫 장면을 써본다. 그러면 거기서 스토리가 펼쳐져나간다—이런 식이다. 모두 다 그런 것은 아니고, 그 방법이 제대로 기능하지 못해 중간에 포기해버린 적도 있지만 대체적으로 이 방식은 내 성격에 잘 맞는 것 같다. 이른바 제재니 주제니 하는 정적인 틀에 얽매이지 않아도 되기 때문이다. 머릿속에 떠오른 이미지를 문장으로 풀어나가는 사이에 차츰차츰 저절로 줄거리가 펼쳐진다. 글로 써내려가는 사이에 나 스스로도 깨닫지 못했던 뭔가가 모습을 드러낸다. 그런 자연스러운 작업 자체가 내게는 매우 스릴 넘치고 흥미 깊게 다가온다.

이 작품은 나에게 기념비적인—정말 그런지 어떤지는 모르겠으나—첫 단편소설이고, 이 제목 선행식 글쓰기의 선구적인 작품이기도 하다(『1973년의 핀볼』도 실은 제목에서 시작했지만, 이건 장편이라서 단편과는 또 약간 성격이 다르다). 제목은 물론 소니 롤린스의 연주로 유명한 〈온 어 슬로보트 투 차이나〉에서 따왔다. 내가 이 연주와 곡을 매우 좋아했기 때문이다. 그 외에 별다른 의미는 없다. '중국행 슬로보트'라는 말에서 어떤 소설이 나올지, 나 스스로도 무척 흥미로웠다.

오랜만에 다시 읽어보니 상당히 마음에 걸리는 부분이 있었다. 그래도, 내 입으로 말하기는 적잖이 낯뜨겁지만, 제법 건투했구나 싶은 생각이 든다. 서투른 나름대로 열심히, 날뛰는 말 위에서 버티며 마지막까지 떨어지지 않고 소설에 매달렸다는 분위기가 느껴지는 작품이다. 지금 와서 생각하면 꽤 어려운 전개의 이야기지만 당시에는 무엇이 어렵고 무엇이 어렵지 않은지조차 전혀 몰랐던 터라 힘이 뻗치는 대로 아득바득 써냈다.

전집에 수록하면서 중반 이후를 상당히 많이 고쳤다. 되도록 오리지널의 분위기를 바꾸지 않으면서 세세한 부분의 교통정리를 하려 했는데, 역시 조금은 색감이 달라졌을지도 모르겠다.

「가난한 아주머니 이야기」

두번째 단편소설. 이것도 제목에서 시작한 이야기. 게다가 제목부터 쓰기 시작하는 집필 작업 자체를 모티프로 삼은 이야기다. 「중국행 슬로보트」를 썼던 경험을 바탕으로, 나 자신이 소설을 쓰는 행위를 글로 검증해보려 한 의미도 있다. 소설 자체도 이중구조로 되어 있다. 즉 이것은 「가난한 아주머니 이야기」라는 소설인 동시에 '메이킹 오브 「가난한 아주머니 이야기」'이기도 한 셈이다. 이것도 어려운 전개의 이야기였다. 나로서는 상당히 의욕적인 작품이었는데 주제가 너무 거창해서 새내기 작가의 손으로는 채 감당이 안 되는 부분이 있었다. 왜 또 이런 '가난한 아주머니 이야기'라는 기묘한 제목으로 소설을 쓰려고 했는지는 나도 잘 생각나지 않는다. 아마 그건 어느 날 오후에 투명한 탄환처럼 날아왔을 것이다.

그런 까닭에 당시에도 문예지 『신초』의 담당편집자와 둘이서 마지막까지 의견을 나누며 수정 작업을 했다. 몇 번이고 토론을 거듭하며 얇은 종이를 한 장 한 장 겹쳐나가듯이 꼼꼼히 고쳤다. 하지만 이번에 다시 읽어보니 소설적으로 명료하지 못한 부분이 아직 너무 많은 것 같았다. 이쪽으로 가면 된다, 라는 방향성은 어느 정도 알고 있어서 그걸 어떻게든 문장화하려고 시도는 하지만, 그 의식을 언어가 미처 따라잡지 못한 부분이 군데군데 눈에 띄었다. 그런 부분은 문장이 지나치게 많은 의미를 품고 허우적거리거나 반대로 의미가 결락되어 메말라 있거나 했다. 그래서 이 「가난한 아주머니 이야기」도 전집에 수록하는 김에 전체적으로 상당 부분 손을 보았다. 어쩌면 좀더 나이를 먹고 다시 한 번 고쳐 쓰게 되지 않을까란 생각도 든다. 나에게 상당히 중요한 의미를 갖는 단편이었던 것 같다.

「뉴욕 탄광의 비극」

이것도 제목에서 시작한 이야기. 당연히 비지스의 초기 히트

곡 제목이다. 이 곡 자체는 그다지 좋아하지 않는다. 당시 창간한 지 얼마 안 되었던 남성지 『BRUTUS』에서 청탁받아 썼다.

담당편집자는 당시 이 작품의 게재를 떨떠름해했다. "비지스는 영 모양이 나지 않는다"는 게 이유였던 것으로 기억한다. 그야 뭐 그럴지도 모르지만, 그 말에 나는 몹시 난감했다. 나는 이 곡의 가사에 끌려서 아무튼 '뉴욕 탄광의 비극'이라는 제목으로 소설을 써보고 싶었던 것이다. 노래를 부른 게 비지스건 베이 시티 롤러스건 관계없었다. 사람은 모양을 내기 위해 소설을 쓰는 것은 아니다—라고 생각한다.

전체적으로 고르게 맞추는 정도로 손을 보았다.

「캥거루 통신」

나는 이 작품을 꽤 좋아한다. 이건 카세트테이프 소설로 썼다. 문장이 아니라 마이크에 대고 주절주절 얘기하는 느낌으로 쓰고 싶었다. 『신초』에 실렸을 때는 카세트테이프 라벨 그림이 함께 들어갔다. 문예지라는 건 이래저래 귀찮은 세계지만, 마음만 먹으면 여러 가지로 좋아하는 것들을 시도할 수 있는 세계이기도 하다.

이 작품 역시 제목에서 시작했다. '캥거루 통신'이라는 제목으로 어떤 이야기를 써낼 수 있을까 기대했는데, 설마 이런 기묘하게 굴절된 이야기가 나올 줄은 몰랐다. 이런 것도 의외의 전개가 가져다주는 재미다. 시작할 때는 좀더 한가로운 이야기가 될 거라고 생각했는데……

화자가 백화점 불만 접수처 담당자라는 설정—이건 내가 한동안 백화점에 불만을 제기하는 작업에 몰두한 적이 있었기 때문이다. 결코 악의로 그랬던 것은 아니다. 백화점이라는 기구 자체에 흥미가 있었고, 마침 그즈음 불만을 제기할 만한 일이 우연히 연달아 일어났었다. 그래서 나는 각 백화점의 고객 불만 대응법에 대해서는 상당히 잘 아는 편이라고 생각한다. 소설과 직접적인 관계는 없지만, 불만 처리 방법은 각 백화점에 따라 상당히 차이가 난다.

이것도 고르게 맞추는 정도로 손을 보았다.

「오후의 마지막 잔디」

『다카라지마』(예전의 『다카라지마』는 지금과 전혀 다른 잡지였다)에서 청탁받아 쓴 작품이다. 당시 상당히 반향이 컸고 개인적으로 이 소설을 좋아한다는 사람도 주위에 많다. 「반딧불이」로 『노르웨이의 숲』을 썼던 것처럼 이 작품으로 장편을 써달라는 사람도 있었지만, 그건 아마 무리였을 것이다. 「반딧불이」에는 확장시킬 만한 여지 같은 게 있었지만 이 작품에는 그게 없다. 이 작품의 세계는 어떤 의미에서 완성되고 집결되어 있기 때문이다. 비록 기술적으로 미성숙했다 해도 기분만큼은 완성되어 있었다.

이 소설의 아이디어는 정원의 잔디를 깎으면서 떠올랐다. 뭐가 됐든 잔디를 깎는 이야기를 써보자고 생각한 것이다. 줄거리보다 오히려 잔디를 깎는다는 작업 자체를 그려보고 싶었다는 게 내 심정이다.

상당히 망설였지만 결국 내용에는 별로 손을 대지 않았다. 말투나 표현을 조금 바꾸는 정도에 그쳤다. 지금 다시 읽어보니 확실히 『양을 쫓는 모험』을 발표한 다음이라서 어깨에서 힘이 빠져 있는 느낌이다. 장편소설을 쓴 영향인지 그전의 세 작품에 비해 리얼리즘적인 경향이 강해졌다.

「땅속 그녀의 작은 개」

이건 몇 가지 정경에서 시작한 작품이다. 제목은 나중에 붙였다. 우선 첫번째로 호텔의 정경을 그리고 싶었다. 비가 내리는 비수기 리조트호텔의 정경. 그다음에는 개의 시체를 정원에 파묻는 정경. 마지막으로 한밤중에 점 비슷한 것을 치는 정경. 세 가지 모두 그 당시의 나 자신과 관계있는 정경이었다. 나는 당시 이 작품에 나오는 그런 점치기에 몰두해 있었다. 한밤중에 신경을 집중해서 상대의 기척을 더듬어 끌어당기면 여러 가지가 줄줄이 따라나왔다. 상대가 전혀 모르던 사람이어도 놀랄 만큼 잘 맞았다. 하지만 그러고 나면 녹초가 되어서 며칠 동안은 머리가 멍했다. 끝나고 한동안 몸이 부들부들 떨리는 걸 멈출 수 없었을 정도다. 그래서 다시는 그런 짓을 하지 않게 되었다. 그런 에너지는 소설 쪽으로 돌리기로 했던 것이다.

개인적으로는 이 작품이 영 마음에 들지 않아서 별로 떠올리고 싶지 않았지만, 이번에 다시 읽어보니 뭐 이런 느낌의 작품이 하나쯤 있어도 괜찮겠다는 생각이 들었다. 이 작품에는 거의 손을 대지 않았다.

「시드니의 그린 스트리트」

이 작품도 제목에서 시작했다. 시드니 그린스트리트는 말할 것도 없이 〈몰타의 매〉에 나온 명배우의 이름이다. 나는 〈몰타의 매〉를 봤을 때부터 언젠가 '시드니의 그린 스트리트'라는 제목으로 소설을 쓰고 싶다고 생각했다.

이건 문예지 『우미』의 증간호로 나온 어린이 대상 단편집에 실렸다. 즐기는 기분으로 단숨에 쓱쓱 써냈다.

지은이 **무라카미 하루키**
1949년 교토 출생. 1979년 『바람의 노래를 들어라』로 군조신인문학상을 수상하며 데뷔했고, 1982년 『양을 쫓는 모험』으로 노마문예신인상을, 1985년 『세계의 끝과 하드보일드 원더랜드』로 다니자키 준이치로상을 수상했다. 『노르웨이의 숲』 『중국행 슬로보트』 『1Q84』 『여자 없는 남자들』 『기사단장 죽이기』 『일인칭 단수』 외 수많은 소설과 에세이로 전 세계 독자들의 사랑을 받고 있다.

옮긴이 **양윤옥**
일본문학 전문번역가. 옮긴 책으로 『여자 없는 남자들』 『1Q84』 『일식』 『장송』 『센티멘털』 『소설 읽는 방법』 『가면의 고백』 『무지개여, 모독의 무지개여』 『납장미』 『철도원』 『칼에 지다』 『슬프고 무섭고 아련한』 『장미 도둑』 『나미야 잡화점의 기적』 『붉은 손가락』 『남쪽으로 튀어!』 『유성의 인연』 등이 있다. 『일식』으로 2005년 일본 고단샤가 수여하는 노마문예번역상을 수상했다.

문학동네 세계문학
중국행 슬로보트

1판 1쇄 2014년 4월 18일 | 1판 9쇄 2023년 9월 18일

지은이 무라카미 하루키 | 옮긴이 양윤옥
책임편집 박아름 | 편집 황문정 양수현 | 독자모니터 이효민
디자인 김현우 강혜림 | 저작권 박지영 형소진 최은진 서연주 오서영
마케팅 정민호 서지화 한민아 이민경 안남영 왕지경 황승현 김혜원 김하연
브랜딩 함유지 함근아 고보미 박민재 김희숙 정승민 배진성
제작 강신은 김동욱 임현식 | 제작처 한영문화사(인쇄) 경일제책(제본)

펴낸곳 (주)문학동네 | 펴낸이 김소영
출판등록 1993년 10월 22일 제406-2003-000045호
주소 10881 경기도 파주시 회동길 210
전자우편 editor@munhak.com | 대표전화 031) 955-8888 | 팩스 031) 955-8855
문의전화 031) 955-1927(마케팅) 031) 955-2684(편집)
문학동네카페 http://cafe.naver.com/mhdn | 트위터 @munhakdongne
북클럽문학동네 http://bookclubmunhak.com

ISBN 978-89-546-2452-7 03830

잘못된 책은 구입하신 서점에서 교환해드립니다.
기타 교환 문의 031) 955-2661, 3580

www.munhak.com